湖畔文丛

主编　鄢子和

湖畔新诗选

鄢子和　王文政 编

浙江工商大学出版社
ZHEJIANG GONGSHANG UNIVERSITY PRESS

图书在版编目（CIP）数据

湖畔新诗选 / 鄢子和，王文政编 . — 杭州：浙江
工商大学出版社，2017.11
（湖畔文丛 / 鄢子和主编）
ISBN 978-7-5178-2402-2

Ⅰ . ①湖… Ⅱ . ①鄢… ②王… Ⅲ . ①诗集－中国－
当代 Ⅳ . ① I227

中国版本图书馆 CIP 数据核字（2017）第 252224 号

湖畔文丛　湖畔新诗选

鄢子和　王文政 编

出 品 人	鲍观明
责任编辑	何小玲
责任校对	刘　颖
封面设计	林朦朦
责任印制	包建辉
出版发行	浙江工商大学出版社
	（杭州市教工路 198 号　邮政编码　310012）
	（E-mail: zjgsupress@163.com）
	（网址: http://www.zjgsupress.com）
	电话 0571-88904980，88831806（传真）
排　　版	风晨雨夕工作室
印　　刷	杭州五象印务有限公司
开　　本	710 mm×1000 mm　1/16
印　　张	14
字　　数	175 千
版 印 次	2017 年 11 月第 1 版　2017 年 11 月第 1 次印刷
书　　号	ISBN 978-7-5178-2402-2
定　　价	36.00 元

"湖畔文丛"絮语 (代总序)

◎丛书主编　鄢子和

湖泊寻找湖泊

眼睛寻找眼睛

仓颉造字沟通解读

凿开生命的湖

文字破土长出树草

阳光照亮湿地

滋润湖与湖之间的山坡和森林

湖如镜子照出天空

映影岸上的行踪和风景

零度以上零度以下

都能积蓄我们的体温和心境

湖畔诗人潘漠华是导游

他行走双桂树下状元塘

游入西湖和北大未名湖

点燃生命献出自己

断桥不断孤山不孤

西子相伴半个世纪的叶一苇

难忘故乡生地草马湖

诗心造印温暖一个湖泊一个湖泊

千家驹一句真话

湖泊装不下就告诉海洋

河流抚爱每一片真实的陆地

一滴雨一眼泉一颗泪

都能砸开湖面的安静澄清

我们是一群聚集湖畔的孩子

自在的芦苇草地知了飞禽

是我们的姊妹兄弟

我们在树上用文字垒窝

呼朋引伴温暖自己

人失落时在湖的怀抱取暖

湖寂寞时扣上自己的手臂

一激动就把湖泊当成天空

放飞所有地平线的鸟群

诗的有邪无邪

——《湖畔新诗选》序

◎老　庙

　　教科书说，诗起源于先人劳动号子和宗教娱乐的吟哦。光头于坚说，诗起源于巫、野，就是"事物本身"。孔子删编《诗经》，试图建立与国家社会文明相协调的"诗的制度"。"诗三百，一言以蔽之，曰：思无邪。"思无邪就是去郑卫之声，约束个人化、地方性、不利于风雅传播的自由野乱之音。如此一来，在正声律音中，恰恰把最富个性、独特、野趣、自然的部分删除了。什么是诗歌？没入编《诗经》的诗歌会告诉你更多。诗是神祇的声音，神灵附体的自由吟唱，最需解放自我皈依自然，解开裹脚布回归天足。

　　发轫于五四新文化运动的白话文和新诗，是物极必反砸破铁窗子和镣铐的奔走呐喊，是打开地球村人为藩篱的融合歌唱。哲人罗素说，须知参差多态，乃是幸福本源。1921年10月，在杭州读书的潘漠华与汪静之等浙江省立第一师范学校的同学成立了"晨光社"；1922年3月，潘君又新交冯雪峰、应修人等诗友，成立"湖畔诗社"，相继出版白话诗和新诗集《湖畔》《春的歌集》等。潘漠华创作的16首白话诗和52首新诗，得到鲁迅等人的赞赏，也曾引起毛泽东的注意。朱自清先生认为这些"作品都带着清新和缠绵的风格；少年的气氛充满在这些作品里"。潘漠华诗作表现了"人间的悲与爱"。朱先生评论："就艺术而论，我觉漠华君最是稳练、缜密……"在漫长的封建社会，天下百姓不是肉体的奴隶就是精神的奴隶，读书人因接触进步思想和先进文化而觉醒，进而奋起砸窗要求改变社会和自己，但旧社会和心底的悲苦比黑夜还深厚而漫长。潘漠华于 1922 年 4 月写出散文诗《立在街头吹箫的浪子》：

> 当我想起那立在街头吹箫的浪子时，我心就冰冰冷了！
> 他穿件褴褛的布袍阖着眼，把横笛呜呜咽咽地吹；任淡茫茫的路灯底灯光，曳出他瘦长而颓丧的影子。
> 当我一想起他时，我仿佛立刻听出他底箫声来了，仿佛立刻看出他销沉在箫声里的阑珊的生平来了。

这首短诗描绘的情境、画面、心绪都有作者自我的影子，甚至可以联想到诗人老家宣平上坦和妻子娘家陶村昆曲《浪街》的内涵腔调。

潘君 1921 年 11 月 20 日同样写于杭州的《小诗六首》之一写道：

> 脚下的小草呵，
> 你请恕我吧！
> 你被我蹂躏只一时，
> 我被人蹂躏是永远呵！

如此质朴、纯真、深刻的小诗，一看就令人喜欢。要写出言语精练、回味深长的诗歌，除了感情真挚外，必须有清新自然、想象奇特、匠心独运的发现。

人文合一是真文人，当然也是真诗人。但诗人笔下痴迷顿悟的往往是现实所缺的，正如新时期文学误判遗漏的最重要作家王小波所言，人活着要在智慧、有趣、性爱中抵达诗意世界，自己欠缺、压抑、向往的东西肯定会在新颖本真的诗句中表现出来。诗人文本胜出不在于他（她）面对着什么样的社会环境和个人命运，而在于如何智慧出彩、独一无二。沉迷诗歌，可以史诗般宏大叙事，也可以吟哦宋词元曲，每个人的视角感悟和意象画面不一样，才称得上如大自然存在本身的"参差多态"。在武义籍诗人中，对于千家驹、谢挺宇、叶一苇、潘絜兹等来说，诗歌都不是他们的艺术追求主项，但行吟诗句恰恰反映了他们人生阅历意趣最真实的一面。

诗歌训练是语言的终极竞技，在诗歌文本上耗费心血挖掘过天赋的，触类旁通，抒写各种文体文字都会有打上烙印的诗性胎记。20世纪八九十年代创作诗歌偶有发表，可谓神圣隆重，有了发达的网络自媒体，写诗的人越来越多，但真把诗当回事的越来越少。冷盈袖由网络诗歌论坛浮出水面，就是当下"电商"运作中彩案例，当然冷盈袖诗歌有自己的内涵定位和独特性，其植物风物写作疏离滚滚红尘，在小我中打开自己的私密王国，但其诗能否走远走大尚有待时间验证和市场"抽奖"。包剑萍诗歌美术色彩的浮雕感强，其美学取向值得肯定。提倡短诗，点赞文字简约回味悠长，在此基础上再认可各种形式流派的诗歌尝试实验，是我和许多同道的诗歌视野与共识。

武义以前在外界容易混同义乌，但周恩来很早就知道千家驹是武义人，因为1939年他到过武义熟溪廊桥。思无邪就是诗无邪。邪与不邪，从不同观念立场情境出发来评判就会发生变化。诗歌首先要发自内心地写出发现。骆宾王7岁咏鹅："鹅，鹅，鹅，曲项向天歌。白毛浮绿水，红掌拨清波。"这是标准的无邪天籁，清新自然，回味悠长，诗人作诗就该有沉醉其中、浑然天成的姿态腔调。而出于正统正义，骆宾王写下惊动四海的《代徐敬业传檄天下文》，在朝野看来就大大"有邪"了，据说武则天震怒之余还是激赏骆宾王的文采，深为之前没有发现重用他而遗憾。一般认为，骆宾王《在狱咏蝉》是其诗歌代表作："西陆蝉声唱，南冠客思深。不堪玄鬓影，来对白头吟。露重飞难进，风多响易沉。无人信高洁，谁为表予心？"人生境遇，深刻厚重的心志意象，都借蝉咏叹了，不仅写出了个人，还写出了有才情抱负的高洁文人群体。骆宾王从小清新到男子汉再到沧桑老人，写诗如酿酒，技法内涵一步步走向浑厚、博大、深刻。诗人如蝉，餐风饮露，不管不顾、掏心掏肺的啼血歌唱，会让天地动容，沧海变为桑田。人在物欲商化中一步步远离诗意栖居，只要是发自内心神灵附体而写出的，不管是清新小令或黄钟大吕，根本不用考虑邪与不邪，把心举在头顶与天地万物浑然交融，肯定能写出充满发现和意趣的精彩作品。

以萤石、温泉、宣莲、茶叶、国药等知名的武义，麻雀虽小，五脏俱全。新诗百年，个案写作者不少，但尚未形成群体和流派，是一大遗憾。编选《湖畔新诗选》，自然无法与编选《诗经》《唐诗三百首》等相比，吃力不讨好的遗珠遗漏也在所难免，但不讨好的事情总要有人做，才能直面和改进。

2017 年 5 月 8 日

目　录

01. 王式桢 歌词 1 首

王式桢（1871—1915），武义下王宅人。清末儒吏。壶山小学堂创办人。

壶山小学堂歌（歌词）

土积成山，

水积成渊，

立志在少年。

挟书上学堂，

德育体育智为先。

戒惰习勤祖逖鞭，

学果有恒兮铁砚穿。

日进不已兮，

功行圆满，

人格自完全。

注：本歌词作于1902年。

02. **金咨甫**诗 1 首

金咨甫（1890—1934），武义县白姆乡后金村人。民国初期是名师李叔同门生，1918 年因李师所荐，任浙江省立第一师范学校图画音乐教员。曾为前述《壶山小学堂歌》谱曲。现存诗还有《哭佛》，可见于《武义文化志》。

五九国耻纪念歌

哼！哼！哼！

帝国主义何其恨，

鲸吞蚕食逞野心，

二十一条谁承认？

国耻在我心，

雪耻在我身，

须求己，莫尤人，

努力找前程。

注：本歌词作于 1915 年 5 月 9 日国耻日以后。

03. **潘漠华**诗 6 首

　　潘漠华（1902—1934），武义上坦人。湖畔诗人，左翼作家，早期革命家、烈士。与诗友合出诗集《湖畔》《春的歌集》，还有短篇小说集《雨点集》，长篇小说译著《沙宁》等。他比较好的诗除以下所选外，还有《晨光》《隐痛》《归家》《游子》《黄昏后》《撒却》等。1926 年后难见其诗作。

离　家

　　我底衫袖破了，
我母亲坐着替我补缀。
伊针针引着纱线，
却将伊底悲苦也缝了进去。
　　我底头发太散乱了，
姊姊说这样出外去不大好看，
也要惹人家底讨厌；
伊拿了头梳来替我梳理，
后来却也将伊底悲苦梳了进去。

我们离家上了旅路，

走到夕阳傍山红的时候，

哥哥说我走得太迟迟了，

将要走不尽预定的行程；

他伸手牵着我走。

但他底悲苦，

又从他微微颤跳的手掌心传给我了。

现在，就是碧草红云的现在呵！

离家已有六百多里路。

母亲底悲苦，从衣缝里出来；

姊姊底悲苦，从头发里出来；

哥哥底悲苦，从手掌心里出来：

他们结成一个缜密的悲苦的网，

将我整个网着在那儿了！

（漠华，杭州，1922 年 3 月 10 日）

再 生

我想在我底心野，

再摘拢荒草与枯枝，

寥廓苍茫的天宇下，

重新烧起几堆野火。

我想在将天明的我的生命，

再吹起我嘹亮的画角，

重招拢满天的星，

重画出满天的云彩。

　我想停唱我底挽歌，

想在我底挽歌内，

完全消失去我自己，

也完全再生我自己。

注：本诗作于 1922 年 11 月 5 日。

月　光

月光撒满了山野，

我在树荫下的草地上，

踯躅，徘徊，延伫；

我数数往还于伊底来路，

想着飞蓬的发儿，

将要披在伊底额上看见了。

我心儿慌急，

夜风吹开我衣裳。

月儿光光了，

这使我失望了，

伊被荆棘挂住伊底衣了。

我垂着头儿，
噙着泪珠，
双手褰着裳儿，
踏过茂草，
将月光也踏碎了。

我跑到溪边，
睁大我底眼眶，
尽情落下我底眼泪，
给伊们随水流去；
明天流经伊底门前时，
值伊在那儿浣衣，
伊于是可以看见，
我底泪可以滴上伊底心了。

注：本诗作于 1922 年。

怅　惘

伊有一串串的话儿，
想挂在伊底眼角传给我。

伊看看青天上的白雁儿，

想倩他衔了伊底心传给我。

眼梢弯了，挂不住；

白雁儿远了，不能飞回：

伊于是只有堆伊底忧虑，

在伊四披的乌发上了。

注：本诗作于 1922 年。

若迦夜歌·三月二十七朝

我静思冥想，

我生前，你心是我底坟墓，

我死后，你心也是我底坟墓，

你发呀，就是我底墓草。

说不尽的思恋，

走不尽思路底蜿蜒；

妹妹呀，远离恋人的旅客，

是如何如何的日长夜长呀！

把我手指当作一把锄，

尽力锄我头顶的荒地，
那是思念得莫奈何了，
狂乱梳掠我纷披的头发。

　夜来了，我就狂跑，
茶店里去吃茶，酒店里去吃酒，
但不幸，在一般无聊的伴侣底中间，
又望见你底明眼来了！

　静静坐在墙角的藤椅上，
放眼在园底黑暗的四围：
这是如何的一幅美丽的画图呵，
一对儿女，偎抱在夜色里！

　独自的出去，又独自的归来，
数尽路上的石块，也拨尽
坐旁的迷迷的春草，
这是如何的倦人呀，妹妹！

注：本诗作于 1923 年。

志　梦

昨夜我梦见你？妹！——

在一条萧条的巷头里，我逢见你。

我醒了，我知道是梦了，

但我还听着你说："我与春俱回了！"

仿佛有人拍着我旅舍的纸窗，

有芬芳的野香袭入房里来；

但我开出门看看，妹！——

一颗流星，射伤了我的心！

妹！我何尝不希望

春会抚摩我，会鼓励我；

但我心头终已被夜色幕了——

这悲郁的夜色！这沉迷的夜色！

"妹将与春俱回了！"妹！

我不能有一日再这般歌了。

远望夜天，星光如磷火地闪耀不定，

我看见我生命的末页，那般可伤的！

注：本诗作于 1925 年。

何葆仁诗 1 首

何葆仁（1871—1948），武义南湖村人。晚清拔贡，本邑名医，诗人。住县城横街圆石巷。现存新诗 2 首，可见于《武义文化志》。

派积谷

派积谷，
何匆促，
县下一纸符，
吏催如火速，
沿门挨户遍城乡，
上者累石中累斛，
追比严威少减难，
富民平民同哭声。
民哭亦胡为，
官为救荒蓄，
待医来岁疮，
先挖今年肉。

谁知目前疮肉糜烂半穷黎，

哀鸿四野额皆蹙。

吁司农，

咸仰屋，

呼苍天，

莫予毒！

注：本诗作于 1935 年。

05. **佚　名**歌词1首

抗战期间，武义县长蔡一鸣等在李村重办"武义简师"，其校歌之歌词作者佚名，待考。

武义简师校歌（歌词）

壶山秀，

熟水清，

灵气蟠结，

毓贤英。

明招讲学，

朱吕倡导，

人才辈出，

著盛名。

师承！师承！

继往开来，

责非轻。

活泼坚贞、

勇敢朴诚，

造就期有成。

努力向前进！

注：《今日武义》2011 年 9 月 21 日第 4 版中，"责非轻"误为"责非清"。

06. **丁绍桓** 歌词 1 首

丁绍桓，金华人。曾任作新中学校长、大同大学教授、中华书局编辑、稽山中学武义分部文史地教员等。作此歌时 59 岁，任武义明招中学教师。

明招中学校歌（歌词）

东南理学推儒宗，
寄迹明招朱吕同。
明礼义，知廉耻，
前贤昭示振颓风。
正心诚意，谨始慎终；
浩然以养气，勇毅竟全功。
恪守斯训，贯彻初衷，
发扬我国五千年历史上之光荣。

注：本歌词作于 1947 年 2 月。

07. **千家驹** 诗 1 首

千家驹，1909 年农历八月廿八出生于武义县城生姜巷，2002 年 9 月 3 日在深圳逝世。教授，著名经济学家。曾任中央工商行政管理局副局长、中央社会主义学院副院长、中国科学院哲学社会科学部委员、民盟中央副主席、全国政协常委等。多专著。擅书法。

会有这么一天

只要中国不在地球上毁灭，

会有这么一天，

衡量是非的标准，

不是权力的大小，

不是"上级领导"怎么说的，"圣经"（即"最高指示"）

　　上怎么写的，

而是经过实践而证明了的客观真理。

会有这么一天，

说真话的，说老实话的，

不会当成"反党反社会主义"的"现行反革命"，

而受到社会上人们的崇敬！

会有这么一天，

"权力"与"真理"不是画等号，

有"权"不等于有"理"。

掌握最高权力的人不被视为"真理"与"革命"的化
身。

人们也不会认为：谁的权力最大，"真理"与"马列主
义"也最多。

这一天的到来，

我不敢期望于生前，

也不敢期望于本世纪之内。

但是，我深信：

这一天是肯定会到来的。

因为理智终将战胜愚昧，

谎言必将让位于真理。

到了这一天，

我的著作也许会展现在读者的面前。

在这一天到来之前，

让它束之高阁，虫蛀鼠咬它！

（1975 年 12 月）

注：本诗原为诗人自撰之"杂感集"的代序，收录到《发愤集》中。

谢挺宇诗5首

谢挺宇（1911—2006），武义县西山下村人。作家，留日后到过延安。曾任辽宁省作协驻会副主席等。出版有诗集《毛泽东同志》《崦嵫情思》，短篇小说集《报仇》等，童话集《玻璃火车》等，散文集《矿山上的人们》等，共10余种。

八重樱下

春雨刚过的时候，
月色朦胧的时候，
在八重樱甜醉的花影下，
我们紧紧拥抱着，
忘记了世界，
也忘记了你和我，
我俩成了一团火。

一生中只能有这一次，
我吻开了像石榴花一样的朱唇，

你把你的心和灵魂全给了我，

但我只有一半的心留给你和日本的善良人民，

另一半献给了多难的祖国。

你的眼泪湿透了我的衣襟，

我轻轻舔干了你脸上痛苦的泪。

泣血的杜鹃

清明，在涨满乳汁的大地上，

摊开了一张深绿的地毯。

你是泣血杜鹃，

透过稻秧的上空深情高叫：

"哥哥爱我！哥哥爱我！"

到现在，世界上谁都不知道，

但你我心里最明白：

哥哥就是我。

清子啊，你可知道？

我爱你有点离奇，

时常呆呆地看着富士山白色山峰，

你们的侵略者要我们永远做奴隶，

可咱们爱得似醉似迷，

好像没有什么力量能割断两颗结合的心，

但民族战斗的号角呼唤我，
我忍痛离开你炽烈的怀抱。

你羞得低下了头

我悄悄走上楼梯，
重叩房门也没有人应，
我心里爬上一个阴影：
你像白鹤一样信守时刻，
今天为什么空巢等我？

你终于来了，
粉红的脸上渗出了汗珠，
原来你用了许多谎话，
才从你聚会的朋友里逃了出来，
呵，你始终是白鹤。

咱俩坐在窗外的木盘上，
双双紧紧偎依着，
溶溶的月光洒在咱俩身上，
花香水似的飘过，
互相听着对方心的跳动。

在璀璨的灯光下，
你像白玉兰似的盛开着，
我凑在你的耳朵边，
说了一句只有咱俩能懂的话，
你羞得满脸通红笑着低下了头。

梦

白天黑夜我老做一个同样的梦，
跟你重逢的梦，
我臆想千百种重逢的场景，
好像什么都是真实的……
我的梦做不完。

我见到你还是这样年轻这样美丽，
不，不，你不是重彩画的美人，
但是，啊，你闪亮的眼睛，
蕴藏了多少热情？
多少幻影？

你梦似的眼睛，
老是沉默，
老是这样深情，

它说了你没有说的话，
它传达了你心中的焦虑。

上帝啊，饶恕我们两个年轻人吧，
我们处在两个敌对的民族，
眼红气急拔刀拼搏的时节，
我们为什么还要相爱呢？
爱得这样深，这样奇特！

这是谁的恶作剧？
月下老人没有结红线，
这是历史的波浪把咱俩推到一起，
既不是为了名利地位，
也不是为了金钱。

老是梦，老是梦，
第一个梦碎了，
接着……又多少梦破碎了呢？
还有桃色的、灰色的梦等着我们？
但是一万个激情的梦终于是梦呵！

寄江南

我就要回来了，

妈妈!

十多年来——

你不知道你儿子在哪里,

也不知道你儿子生或死。

我不敢想象:

你是怎样的痛苦。

也不知道:

你还活在人间或已逝世。

更不用问:

你愁白了多少头发?

流了多少悲切的眼泪?

我就要回来了,

爸爸!

你只知道你儿子是抗日的,

他坚决地离开了家庭。

但不知道:

你儿子更忠于

全人类的解放,

为了一个没有阶级的社会,

把一切都呈献于劳动人民。

他不避一切的苦难与艰辛,

决不是为了扬名显亲,

你也许会埋怨他的无情,

他许多年来

没有给你一个音讯。

我就要回来了，

在江南的爸爸、妈妈！

还有我叫不出名字的：

叔叔、大爷、兄弟、姊妹们！

你们的非常的痛苦，

永远埋在我的心里。

你们长期地

担负着过重的灾难，

你们无比的热情，

盼望着人民解放军的来临！

我就要回来了，

在伟大的毛泽东主席的领导下，

随着英勇的人民解放军。

现在，我们无比的强大，

没有任何人，

再能阻挠革命的前进：

我们从寒冷的黑龙江，

渡过汹涌的黄河，

再从辽阔的长江，

渡过明媚的珠江，

谁敢抵抗，

我们就彻底歼灭他！

我们要在法西斯的狗窝里，

找出罪恶的战犯，

要让美帝国主义的侵略势力，
全部滚出中国！

我就要回来了，
在鲜艳的红旗下，
跟随着光荣的人民解放军。
妈妈：我希望你活着呵！
爸爸：你再不会责怪我的坚决吧！
父老们：你们会高兴……
用你们的勤劳，
培养出来的子弟，
又光荣地回来了。
年轻的兄弟姊妹们：
你们的心，
会像春季的百花似的怒放吧！

不久的将来，
在温柔的江南，
就在解放了的土地上，
再听不到贫困的呻吟；
在黑暗的夜晚，
再不会用冒烟的菜油灯，
电力联系着一切的城市，
和偏僻的乡村。
原野上轰响着无数的拖拉机，
翻动着无边的五谷。

祖国的上空，

再看不见侵略者的星条旗。

哈，那时候，

中国人民彻底翻了身，

全人类的解放也有了保证！

（1949 年 1 月 24 日，齐齐哈尔）

09. 潘絜兹诗5首

潘絜兹（1915—2002），武义上坦人。著名美术家、编辑家、敦煌学家。曾任中国工笔画学会会长等。出版有《孔雀东南飞画集》《花与女组画》《潘絜兹画集》及《李白妇女诗集绘》（画册）等20种。

阿拉乡秧歌（题画诗）

阿拉乡的姑娘会绣花，
那个围裙呀，谁见了谁都夸。
她们也要给大地绣上花，
秧针密密用心插。

阿拉乡的姑娘会织锦，
那个腰带呀，谁见了能不动心？
她们也要把大地织成锦，
栽秧的那双手呀，像穿梭一样不停。

阿拉乡的姑娘爱唱歌，

唱起歌来呀，百灵鸟都要躲。

她们一边栽秧一边唱呀，

要叫所有的人都欢乐。

阿拉乡的姑娘爱跳舞，

跳起舞来呀，三天三夜不算数。

等到丰收的季节呀，

让我们打起扁鼓。

（1958年春，

潘絜兹写昆明阿拉乡所见，

并缀小诗）

观话剧《芨芨草》怀敦煌

在空气都要燃烧的茫茫戈壁，

你顽强钻出沙砾，

给远行人一点儿绿色，一点儿欢乐。

你是多么渺小，多么不起眼，

可你身上流着大地母亲的干瘪奶汁，

你又崇高而美丽。

在古代丝绸之路上，是谁在荒漠迎接驼群，

报告春天的消息？

在今天四化的征途，

是谁在为祖国做出贡献而又默不作声？

啊！芨芨草，你细雨般的沙沙作响，

是给我做出的回答。

注：本诗作于 20 世纪 80 年代初，见侯秀芬《潘絜兹画传》第 212 页，题目
　　为编者拟加。

《"花与女"组画》献词

花是大地女

女是人间花

照花照女前后镜

花容玉貌参差是

花虽无语人能解

女固多情我自明

摄入丹青悟妙理

此花此女此时情

注：①本诗作于 1985 年 8 月。

　　②对潘絜兹的《"花与女"组画》，国学家文怀沙曾于 1997 年 5 月 19
　　　日赋诗一首赞之。诗云："美哉美哉发扬生命兮唯花与美人。／翠
　　　眉蝉鬓兮眼波横，／婀娜招展兮弄琼英。／美人如花兮花与美人，／

美人赋花形兮花赋美人魂，/ 形魂相悦兮亲复亲，/ 形魂合体兮见精神。/ 羡吾耄耋潘郎兮笔生春，/ 爱吾大师潘郎怜芳草兮情殷殷，/ 钦吾一代宗匠唯潘郎兮艺林珍。/ 从兹不复使美人迟暮兮花凋零，/ 顾以此意兮告慰爱花爱美人之云中灵均。"

题五岁孙女兰兮画展

人在生命的开始，
便播下一颗艺术种子。
儿童天性爱美，
美在心灵，流注笔底。
愿人们珍爱幼苗，
幼苗虽然弱小，
未来会是大树。
艺术的价值在真诚，
最真诚的是童心。
愿童心永远不受污染，
在人生征途中，
艺术永远追求真善美。
兰兮的画展是第一次，
她刚刚进入五岁，
小小的心灵里想的是什么？
是骄傲？是欢喜？

兰兰啊，

你要把老一辈的希望，

装进人生的记忆里。

注：本诗见于侯秀芬《潘絜兹画传》第 201 页，题目为编者拟加。

重彩颂

我童稚之年，

您悄悄向我走来，

像有夙缘，从此不再分开。

啊！工笔重彩！

战争和流亡销蚀了我的青春，

您身影消失，我四处找寻。

耳畔响起一个声音，

"毋忘我，我与你同在！"

啊！工笔重彩！

我蓦地发现，

敦煌艺术，

悠久盛年丰采，

雍容大度，仪态万方，

使我目迷心醉，
自此难忘石窟孤灯相对，
啊！工笔重彩！

从艺六十年岁月苦相催，
四十年求索，二十年拼搏。
衣带渐宽终不改，
但见您拈花微笑，
啊！工笔重彩！

我——敦煌艺术——工笔重彩，
我的追求终生无悔，
我愿做铺路石，铺出一条五彩路，
联结历史通向未来，
您再现辉煌是我最大心愿，
啊！工笔重彩！

注：本诗作于 1993 年春。

10. 叶一苇诗6首

叶一苇（1918—2013），武义草马湖人。篆刻诗人，学者。曾为浙江省文史馆馆员、西泠印社理事、浙江省诗词楹联学会顾问、浙江省之江诗社顾问等。有《一苇诗词选》及其续编等20余种著作。20世纪60年代初曾受派到农场"支农"，有新诗两小集。

一锄又一锄

一锄又一锄，
山脚到山尖。
一行复一行，
庄稼上青天。
我吐一口气，
朵朵白云连。

（1960年11月）

注：本诗选自《舟枕集》。

告野兔

野兔呵、请你快快搬家，
锄头要掘到你的洞底下。
岩层已经炸开，
荒荆要让给庄稼，
你跑的路已开汽车。
如果你愿意的话，
欢迎你、搬到我们畜牧场来！

（1960 年 12 月）

注：本诗选自《舟枕集》。

刺

你扯破我的衣，
你刺破我的手，
你挡住我的路，
你却是锻炼了我，
我坚定地向前走。

有的人被你吓倒，

不敢拿出他的刀，

其实把你砍掉，

烧去了还好当肥料。

（1961 年 3 月 10 日）

注：本诗选自《舟枕集》。

迎春花

迎春花开了，

我折了一枝，

插上胆瓶。

经得起冷霜的考验，

才经得起人们的欢迎。

迎春花呵，

你是在迎着这样的人。

春江水暖鸭先知，

其实，是你先听到了春的脚步声。

跟着你来的，

几番风，

将出现了映山红，

几场雨，

满地钻出了春笋。……

快叫那大地结起鲜艳的彩球，

快叫那蓝天张起灿璀的繁灯。

高举你的双手，

尽情地欢迎吧！

迎春花呵，我为你歌唱，

因为你就是我的心！

（1962 年 2 月 27 日）

注：本诗选自《雨垅小集》。

梅郎的期待

——题"书香校园"

一千年前，

这里有了梅郎，

是个聪明的小孩。

家贫读不起书，

他就化为一块石头，

在这里期待。

今天，

他盼来了"书香校园"，

闻到了阵阵的书香，

听到了琅琅的书声，

高兴极了。

他笑着说："小朋友们，

读吧，闻吧，

把书香化为智慧，

把书声化作力量，

乘着'嫦娥号'飞上月球，

采月中桂，

邀月中兔，

我们一起跳吧，飞吧！

这是我第二个期待。"

（九十老人一苇

2007 年 10 月 27 日）

注：本诗为武义县实验小学而题。

半月池之歌

你是天上的月亮，
你是地上的池塘，
你的晶莹高洁，
沐浴着我们成长。

你是地上的月亮，
你是天上的池塘，
你的跳荡飞跃，
培养着我们的理想。

注：半月池，原属县城孔庙，曾为武义一中一景，后为壶山小学一景。

11. 圣　野诗 5 首

圣野，1922 年生，浙江东阳人。原名周大鹿，现名周大康。著名儿童文学作家，编辑家，诗教家。有诗集《啄木鸟》《列车》《小灯笼》，还有儿童诗集《欢迎小雨点》《和太阳比一比》《奶奶故事多》《春娃娃》《神奇的窗子》《竹林奇遇》等 40 多本。先生无数趟到武义开展诗教活动。

诗寄《明招文化》

叶一苇

你真棒

寻找武义诗文化

明招精神大发扬

你为武义竖诗碑

我来给你撑把伞

（2015 年 5 月 13 日写于武义城）

草莓红了王山头

草莓红了王山头

圣野找到小猴王

诗童和我头碰头

欢庆写出好诗章

（2015 年 5 月 13 日写于武义城）

寺里做起大文章

莫嫌此处袈裟地

曾是宋时文化山

我来山上访高士

豪情万丈何灿烂

长夜欲追飞天梦

寺里做起大文章

（2015 年 5 月 14 日于明招寺）

错把武义作故乡

武义好诗乡

好诗写不完

读了大声叫

诗乡作故乡

（2015 年 5 月 14 日写于武义城）

夜宿武义明招寺有感

朱熹家训身作则

黎明即起扫庭除

东莱博议惊四座

孜孜以求为真知

三更灯火五更鸡

正是后学读书时

为了实现中国梦

名山大业追前师

（2015 年 5 月 15 日于明招寺）

注：以上诗作曾发表于《今日武义》2015 年 5 月 22 日第 7 版。

12. **沈泽宜**诗 1 首

沈泽宜（1933—2014），浙江湖州人，笔名梦洲。中国作家协会会员，湖州师范学院教授。著有《诗的真实世界》《梦洲诗论》《西塞娜十四行诗》等，创作诗歌千首。

前 夜
——寄语浙江武义创办昝晃诗社

夜晚既被指定

船到江心就是发誓最好的地方

感受某种姿势

我想吹吹口哨

月食发生时

星子们手舞足蹈

也许我早该沿街卖唱了

可你很遥远

风一路招呼暗哨

奇迹尚未发生

最好别哭　也别想笑

船到江心是发誓最好的地方

可我们总也过不了河，是吗？

对飞 SOS

真不知

该我来看你还是你来看我更好

（1986 年 12 月 31 日夜）

13. **徐法良** 诗 2 首

徐法良（1933—2012），笔名徐良，武义人。杨家碘矿工人。主要在 20 世纪 50—70 年代写诗，有作品曾发表于《浙江工人报》等。

卷扬机

隆隆隆隆，隆隆隆隆，
你日夜不停地转动，
同是这一只大吊桶啊
为什么今天转得格外轻松？
卷扬机呀请你告诉我，
是不是因为
过去装的尽是血泪和忧愁，
今天装的是欢乐和幸福！

矿工见到毛主席

彩霞飞舞传喜讯，
山河欢笑人沸腾，
毛主席邀咱矿工上北京，
这是盘古开天的大事情。

过去矿工压在最底层，
挣断筋骨难翻身，
如今毛主席让咱做主人，
扬眉吐气来到天安门。

十月的阳光格外暖，
咱是世界上最幸福的人，
日夜想念的大救星啊，
矿工今天终于见到您。

红日高照旗海起波涛，
毛主席健步走过金水桥，
万道金光催热泪，
挥袖揩泪想把恩人看个够。

毛主席招手向咱微微笑，

热血沸腾红心往外跳，

千遍欢呼万遍唱，

衷心祝愿毛主席万寿无疆！

沐浴着红太阳的光辉，

豪情滚滚跨新程，

矿工永远紧跟毛主席，

昂首阔步走向共产主义。

14. 赖耀卿 诗 1 首

赖耀卿，1945 年生，武义人。教师，公务员。

号扁担

我的爷爷不服老，

做条扁担齐眉高，

硬邦邦，

两头翘，

拿来叫我号一号。

我问爷爷怎么写？

他银须一捋放声笑，

你就写——

泰山压顶不弯腰！

（1973 年）

15. 黄亚洲 诗 3 首

黄亚洲，1949年8月生于杭州市。已出版诗集《无病呻吟》《磕磕绊绊经纬线》《父亲，父亲》，长篇小说《日出东方》，小说集《交叉口》，剧本集《老房子新房子》等文学专著9部以上。现为中国作家协会影视委员会副主任，曾任中国作家协会副主席、浙江省作家协会主席。2002年曾冒酷暑来武义考察下山脱贫，在攀登原九龙山村途中吟下两诗，回杭后与人合作编写剧本《武川山纪事》。

关于武义的乡村（2首）

迁 村

把整个村庄都托付给白云

把前院与后屋，都当作闲树或者杂草

告别时分，再撒些蝉鸣

这是为了它们耳根的彻底清净

村民们拉家带口，下山找霓虹灯去了
陌生的商场和医院，以后
将对这些新居民笑脸相迎
其实，那里的山溪也会穿堂入室
只需龙头一拧

多少年后，剩在这里的屋椽，每一根
都会抽出绿芽
灶膛，落满星星
有一群野狐，甚至一两只云豹
会像人一样踱步堂前
身上的皮服，都是名品

村委会所有的木凳上，将坐满野蘑菇
会议昼夜不停

村民们翻下十八道山梁
去找新衣服穿了
城镇的那些街巷都是亮晶晶的衣袖与裤管
他们将穿上富裕，富裕是人类的名品

遗憾的事情当然也有：
山上那面清冽的水塘，已经做不了
每天清晨的妆镜
开心时想高吼几句山歌，却要顾及隔壁人家，甚至

要看看窗外，有没有交警

"扶贫办"的老董

在这个高山蔬菜村，党徽的模样
或许，就是一根四季豆加一柄锄头
支部书记曾经这样告诉党员：
每人必须种一亩四季豆
若是完不成
这个党，你可以走

两年之后，党徽的模样
或许，是手扶拖拉机加一柄锄头
支部书记又是这样告诉党员：
必须带头下山销售
若是不肯推销
这个党，你可以走

这个村子现在大发了
泥墙一律进化成整齐的砖头
电视天线一根根钻出新瓦，满垄的
四季豆

上海和杭州的蔬菜公司老总

惊愕地趴在地图上

有点晕头，总是嫌放大镜

倍数不够

"县扶贫办"的老董每一回进村都很困难

风暴通常是刮起在村口

抱肩的抱肩，握手的握手

家家喊吃饭，不吃不给走

老年村民在商量要盖个董姓财神庙

但是有句悄悄话，说不出口：

奠基那日，须要等到

老董百年之后

（2002 年暑）

江南九寨牛头山

大大小小的石头都是七彩的

清清粼粼的水一看就是少女的心

一场恋爱长达两公里

而我今日心怀大度

观察人家的缠缠绵绵，也尽量赏心悦目

有时候，石头与石头联手，想拉住水

少女忸怩半天，还是挣脱了

有时候，少女故意在石头上流连，小伙子就酥软得不

　　成样子

有时候还不是小伙子，圆秃得像小和尚

这问题就更加严重

不过幸亏，他还没有脱去七彩的袈裟

此地是道家名山，然而，看着山坳里这场不加遮掩的

　　嬉闹

所有道观里的所有天师都转过脸去

怕心旌动摇，坏了功夫

我看着一波又一波的浪漫，也丝毫没有非分之想

人家谈恋爱已经谈到九寨的境界了

我老牛破车的，怎么去凑热闹

虽然这景区，也叫牛头山

（2017 年 9 月 21 日）

16. 吴钟文 歌词 4 首

吴钟文，1951 年生，武义人。公务员。出版有《浙江潮——吴钟文歌曲选》《田园小提琴手》（歌词集）等。

小城的塔

山峦
匍匐在你的脚下
白云
舐犊着你的巍然
那高傲的鸿雁
也在虔诚地顶礼膜拜
耸立在小城的制高点
主宰着广袤的地平线
千百年风骚独揽
你享有至高无上的尊严

时代

紧随着星移斗转

命运

正在向宇宙挑战

那放肆的脚手架

拥载着摩天楼直冲霄汉

俯视人生的历史

何曾有过被人俯视的汗颜

目睹小城的崛起

你只能发出一串串惊叹

东篱把酒

读着您的词章感受浓浓的乡愁，

追着您的乡恋体验绿肥红瘦。

您像一轮明月映照大地，

满天星光可是您深情的凝眸。

月照明水，月照兰舟，

雁字回时，月满西楼。

东篱把酒，

千年的相思千年的离愁，

都为您守候到夜深更漏。

走进漱玉堂探访您深深的春闺，

登上了易安楼遥指海棠依旧。

您是一代词宗婉约豪放，

梧桐细雨可是您真情的问候。

情倾明水，情倾故土，

才下眉头，又上心头。

东篱把酒，

千年的柔情千年的眷恋，

都为您倾听到一醉方休。

依依杨柳风

依依杨柳风，

吹绿了南国水岸，

吹醒了塞北荒丘。

茫茫大漠深处，

也有山重水复的花团锦绣。

谁爱天南地北长袖善舞，

谁爱悄悄牵着伊人的手。

一条条柳叶，一朵朵飞絮，

你为谁垂青，你为谁飘柔。

依依杨柳风，

吹皱了江南水乡，
吹艳了敦煌绿洲。
茫茫戈壁深处，
也有世外桃源的琼浆美酒。

谁爱百花丛中飘动衣袂，
谁爱轻轻牵动八方朋友。
一道道垂柳，一帘帘幽梦，
你为谁青睐，你为谁守候。

诗意盎然的九江

浔阳江奔腾诗的源泉，
鄱阳湖澎湃诗的乐章。
匡庐云雾弥漫诗的风采，
诗意盎然的九江令人向往。

江州司马夜送客，
忽闻江上琵琶响。
郓城小吏闹江州，
浔阳楼上诗铿锵。

太白观瀑香炉峰，

诗兴勃发九天浪。
东坡南山人不渡，
灯火楼台隔湖唱。

最是陶潜归隐意，
躬耕田园在柴桑。
阡陌芳草话古今，
桃花源里是诗乡。

17. 陶振扬 诗1首

陶振扬，1952年9月生，武义陶村人。曾任教师，上海某企业高管。

感情是一种火刑

隔水相望
有蓬莱仙岛飘移
有雨后荷香远逸
我们踏月成舟

无数奇珍运抵彼岸
在这个市场上交易
总是嘚嘚蹄响的默契
悠悠岁月架成桥梁

距离是一杯苦酒
感情是一种火刑
情不自禁地越狱
共同溯游生命之源

18. 郑松鹤 诗 2 首

郑松鹤，1952年生，武义县桃溪人，号老龙。擅长诗与联。

魔咒的误区

也许

一切源于贪的欲望

于是　一支队伍浩浩荡荡

加入的不只是

地痞流氓

三教九流

江洋大盗

还有

道貌岸然的君子

历代高官

明的

暗的

半明半暗

纷纷出动

从各个角落

整窝倾巢

……

早忘了平日的胆小

因为　自己也成了鬼

月黑风高还愁什么

鬼魂骚扰

念着钱字就等于

念无上咒语

这魔咒能教一切

诱惑膨胀

不该获的财阴气太重

杀了别人　也杀死

自己

当断头台上的铡刀嘿嘿一笑

便到了冤魂们

讨债的时光

婺窑之歌

一踏进婺窑展厅

有个奇迹蓦然发现

中国古代四大美女

并未远去

闭月

羞花

沉鱼

落雁

全都隐居在

高岭土间

釉光里分明叠印

西施浣纱的倩影

青瓷的清音

竟是昭君弹奏的琵琶

玉盏飘浮的金针

定然是贵妃水袖

只有貂蝉不见月闭

未肯出来

看婀娜梅瓶轻移莲步

翻舞前台

看"喜鹊"吉祥欢唱

永恒人间

看"雨晴"云霞灿烂

扫尽阴霾

看"八方"人气汇集

钟情武邑

逛回婺州窑吧

窑主欢迎您

逛回婺州窑吧

这里有您遗失的故事

还有意想不到的宝藏系列

……

19. 鄢东良 诗 4 首

鄢东良，1955 年生，武义人。银行职员。出版散文集《石榴红》，诗歌集《牧天》。

丽江古城

800 年前这座富庶繁盛的高原古城
曾经让大旅行家徐霞客久久驻足
在这个兼有水乡之容山城之貌的地方
发出"富冠诸土郡"的赞叹
800 年后我的足迹踏过丽江坝子千顷沃野
来到终年积雪的玉龙雪山脚下
小憩在这依山筑城临水为街的古城

这里没有城市喧嚣嘈杂的氛围
这里看不见艳冶的霓虹灯的迷人诱惑
这里的街道石板铺地卵石嵌花
流淌着遥远的古韵古风
这里的房屋青瓦覆顶红门紫廊

呈现出精致典雅的东方建筑的文化符号

走在古城小溪环绕曲径通幽的街路

令人们宛如穿越时空隧道

仿佛回到了率真纯真的人类童年

我沐浴在小桥流水人家的温馨之中

我触摸到了清明上河图般的历史厚重

古城破天荒没有筑起高高的城墙

那是因为玉龙神山是一道不可逾越的屏障

人们从不用忧心外族的窥伺和入侵

久远的纳西风情和东巴文化在此生根繁衍

浓缩成使今人无比向往风格特异的高原古镇

也不知从哪个时候开始

古城那条名叫四方街的道路两旁

一夜间盛开出无数的时尚吧台

迎来各种肤色的人们在酒香中彻夜狂欢

现代文明与古代文明就这样在这里奇妙地艳遇

谱写出一曲人与环境和谐共处的红尘牧歌

好一座滇西古城哟

你是纳西族人的信仰寄存处

你是中华民族送给全世界的一块瑰宝

登玉龙雪山

也许是你的冷峻不可逾越

也许是你的神圣不可冒犯

这座纳西人心目中的神山

至今无人能掀起你的盖头

可望不可即的美丽处女峰

寸草不长飞鸟绝迹

难道又是一道未被解开的谜语

尽管现代化的索道缆车

把我送到了你的半腰那片洁白的冰雪世界

但我渴望与你亲吻的思想

顷刻间化作孱弱和无奈

我就像一条无鳃的小鱼儿

穿梭游弋在缺氧的冰冷海水里

有许多恐惧向我袭来

有许多艰难占据我的心头

我那颗受高原反应摧残的大脑

竟生发出许多令自己也会诧异的想法

莫非人类那些气贯长虹的豪言壮语

也会在神秘而威严的大自然面前

褪去了豪迈被击得粉碎

莫非贵为万物灵长的人类

不应该目空天地傲视万物

在皑皑白雪的玉龙山上

我突然间拾到了一个答案

尊重和膜拜大自然

人类才会远离愚昧变得更加聪睿

与大自然和谐相处共生共存

人类才会少走弯路少受惩罚

（2011 年 8 月）

爸爸的勋章

清晨我伫立在第二故乡黧黑的土地上

静静聆听从七十年前飘过来的凯歌

面朝着我热恋的北方故乡

我深情地抚摸一枚金色的勋章

二十年前年过古稀的爸爸把这枚抗战勋章

无比庄重和自豪地交到我的手上

老人家郑重的嘱托常常在我的耳边回荡

这枚勋章让爸爸骄傲了一生

即使牺牲生命也要把它好好珍藏

自从"九一八"枪声打破了沈阳城的宁静

"七七事变"的炮火让卢沟桥的石狮震颤

黄河咆哮太行呼啸长江怒吼长城呐喊

抗联战士驰骋在白山黑水间

铁道游击队出没在铁道线上

北平学子弃笔从戎走上前线

爱国华侨慷慨解囊支援抗战

十九岁的爸爸在沂蒙山腹地的槐树林里

和几十位庄里的好兄弟大碗喝过红高粱

一摔碗就拎起大刀奔向炮火连天的战场

起誓不杀完鬼子决不回家乡

从平型关大捷到台儿庄血搏和百团大战

数不清的杨靖宇赵尚志左权张自忠

令日本鬼子闻风丧胆终日惶惶

武器的优劣算得了什么

血性中华儿郎有保家卫国的侠骨忠胆

朋友来了有好酒豺狼来了有猎枪

八年抗战艰苦卓绝亘古未有

中国人书写了世界战争史上绝无仅有的新篇章

日寇能够屠戮中国人的肉体

却永远无法征服一个民族的尊严和坚强

天皇发哑的投降诏告从东瀛岛国传遍世界

东京审判把战争罪犯牢牢钉在耻辱柱上

手捧爸爸生前留给我的这枚胜利勋章

我仿佛看到了一群和平鸽飞向四面八方

擦拭着这枚沉甸甸的英雄勋章

我已经听到了九月金秋北京大阅兵村

那隆隆的迎宾礼炮在空中炸响

谢谢九泉之下的我亲爱的爸爸

你给后代留下一颗炽热的火种

它是高悬在幸福国度上空的一轮太阳

它永远赐给我们胜利的召唤和无比的力量

（2015 年 8 月）

划过千年心河的龙舟

在汨罗江中

开出的那朵洁莲，

被《离骚》高高托举着

芬芳盛开了二千三百年。

在这个名叫端午的大节，

后人把怀念和敬仰

用箬叶紧紧包裹。

捎上祈愿，

抛入屈子奋力跃入的

那条大江里面。

喂饱贪婪抢食的鱼蟹

把你的清白之身保全。

擂动舟头高亢激越的响鼓，

就这样热热闹闹

划过人们千年的心河。

谁说你

披头散发落魄不堪?

谁说你

生命已消逝在汹涌的浪尖?

那些卑鄙无耻的谗言小人,

至今也不敢正视你

那双黑白分明的眼!

20. **徐志扬**诗 1 首

徐志扬，1956 年生，武义履坦人。教师。

武义人

当华夏地方历史文化

翻新成现代经济时

金华盆地文化进入了鼎兴期

义乌人传承了骆宾王的才华，率先

把鸡毛换糖聚集成世界小商品城

继而是东阳的博士菜精神，铸成

奔赴海内外城市的支支建筑大军

那"补铜壶铲菜刀"吆喝声遍地的永康人

又打造了销往五湖四海的小五金

兰溪人也从寻根诸葛和姜维中

崇拜起引领文化兴县的郑宇民

武义人也开始幡然醒悟了

有人在履坦古镇的荒坡上发现了黄帝陵

有人写起了明招寺延福寺和潘漠华千家驹

有人出高价买回了宋朝的李纲祠堂

有人考证起孟浩然的《夜宿武阳川》

于是，武义人正告别壶山意识

孕育脱胎了武阳精神

于是，武义人开始探索经济规律

把千年汩汩温泉奉献给现代人

于是，武义人懂得把目光投向远方

超市茶叶等航空母舰驶进了现代市场

噢，武义人——

姗姗醒悟了的武义人

不再沉湎与叹息昨天的安逸守旧

在困难与机遇同在的大潮中直追

修炼锻造温泉武义自己的精神

21. **王文政** 诗 3 首

王文政，1957 年生，义乌人，笔名曲江舟等。武义县中学语文教师，公务员。之前致力于非虚构性写作。有诗集初稿。

山妹子舞起来
——献给奋进中的武义

山妹子早盼着走出山来
扎着她外婆用过的头盖
套着过年才穿的花衣裳
背着准备了数月的炒米袋
带着九罐子霉干菜
昨天那个东晴西雨的日子里
山妹子终于左顾右盼走出来

山妹子左顾右盼走出来
抱她长大的孤独二叔泪花闪闪

砍柴喂猪的女伴叮嘱不断

五十年未出山的老娘提心吊胆

固执的憨哥只好埋下那点窈恋

她把五百年的山路轻轻踩下

表哥山外的故事山风般直响

山妹子三步一停走出来

山妹子五步一停走出来

把原始保留在牛头山

把羞怯洗在幽幽龙潭

把迷惘敲碎在石鹅岩

把无知浸沉到武阳川

山妹子不顾一切闯出来

山妹子不顾一切闯起来

挥着她那美丽勤劳的双手在忙

清晨她笑醒了滨江广场

迟疑中沐浴在温泉仙子身旁

正好借武川湖为镜来梳妆

爱她的人们用目光为她打扮

壶山是她那神奇的胸膛

五色田野风掀起她那数重绿衫

扣上熟溪廊桥这枚灿烂胸针

高速公路与铁道就像她替换的两条项链

山妹子挥起一双玉臂忙起来

山妹子甩开玉臂干起来

对着上午的阳光咯咯笑出声

她欢快地领航着白洋百花山

左手深情地摇醒一片杨家矿

右手高兴地爱抚着王山头凤凰

山妹子放开胆子唱起来

山妹子放开歌喉欢唱起来

午后她借着武阳春雨的温柔

英爽地挺立在新城九路口

反复拨动秀丽的熟水风流

紧紧融入壮观的钱江潮流

让汤记高山茶香满五洲

把恒友电器插满全球

靓妹子森林般的秀发舞起来

靓妹子神女般飞舞起来

又一个清晨她披着霞光

一脚踏在古老的上松线上

接母亲助女伴催憨哥上学堂

一脚站在金温铁路站台上

迎送着女客男商观光办厂

人们惊喜着她如今十八变

靓妹子沿着高速飞跑起来

（2002 年 10 月）

你　的

你的骄傲——
如同你自己的头发，
让人家一次次剪去掉下

你的爱情——
如同你自己的长袜，
你自己一天天捂臭脱下

你的人生——
如同你自己的指甲，
你自己一点点咬去弃下

（2012 年 8 月）

感伤叶公一苇

你在石头里安详
我们在尘世中迷眼
你在围城里打更

我们在围城外打圈

你在长眠

我们在失眠

你在鲜花丛中浇灌

我们在绿叶丛下仰望

你用茶水来冲洗大千

我们用酒色化妆小脸

你徘徊远在天边

我们看你站桩在眼前

（2014 年 12 月）

22. **陈祖新**诗 2 首

陈祖新，1960 年生，武义人。企业主。

曾　经

曾经让我迈过的那块石头

据说昨天已经裂开

找到了自己的位置

曾经去游览过的那条小溪

听说已被截流

发出了电照亮千家

曾经路边的小树

已经被伐了远走

还笑着对我说他已成材

碌碌的你

哀叹的你

别！

哪怕是一捧流沙

哪怕是一片绿叶

都会有自己的世界

我与你

自你离我而去
这里便是我的期待
不论风中雨里
不论春夏秋冬
岁月的风霜
硬是把一个粗壮的我
削成了一棵
瘦瘦的相思树……
我与你
相距的路不远
但被相思铺满时
却又变得如此漫长
心与心的呼唤
这样传真,似乎
就在门外
伸手一抓
却沾回了一大把
湿漉漉的惆怅……

23. **单希亮**诗 4 首

单希亮，1960 年生，武义人。警察。出版诗歌集
《九九艳阳天》等。

桃花村

若把桃花村比作姑娘

那笑靥在春天桃花般灿灿开放

一片红霞

娇羞地遮住半面脸庞

只露天线那亮亮的眼睛

桃花水养育出来的桃花村人啊

桃花村的女子都像桃花般妩媚

桃花村的男人都像桃花雨潇潇洒洒

就连空气也像陈年老酒流溢芬芳

……呵，桃花村

如今步入"时髦"的桃花村

驾起"嘉陵"的桃花村

服饰新潮涌出了大红大绿

飘舞着好美好美的和谐的旋律

但浓浓的乡音依然如桃花香甜

寄予生活的希望

依然是甜甜的桃子那样鲜润

我的小山村

我的小山村在重峦峰巅下

似一蓬鲜淋淋的灌木

让你的睫毛林新奇地拔节

让你的发辫藤绽放春花秋菊

让你的心田汩汩流淌清泉

让你的整个身心被清新的乡土

紧紧地裹围

这时你就是一茎青草了

轻松而又美丽地滋滋发芽

当你坐在我家光洁的石阶上

看喜鹊摇着花尾巴叽叽喳喳

在古樟树上做窝歌唱

这情景准会让你想起

爬上桑树采摘紫红的桑葚

一样兴高采烈意味深长

当你走进我的柳笛声里

是否仰望到了衔着杏花雨的云雀

清亮悠悠把自己洗濯在明净的水田

让鹅群戏水莲塘拍打出诗情画意

就这样在分外多情的晚霞里

与牧归的牛们搭伴拥抱夕阳

在炊烟袅袅中大口享受浓浓淡淡的乡野

重阳水酿成的糯米酒啊

准会把你醉倒在乐不可支里

躺在暖融融柔软软的草坡上

有小河流进你的梦乡

河面上漂着些馨香的桃花瓣儿装饰温情

当你和乡亲们围在银月前

用趣闻竖起我的小山村的耳朵

用故事点亮寂静的夜晚

飘忽的萤火虫就像跟着渔鼓的剧情

保你随情节让心潮大起大落

还有你料想不到的风景

突兀地走到你的眼前

当你踏上归途

走在弯弯曲曲、像网的山路上

把你紧紧缠绕使你一步三回头

你可知道

弯弯曲曲的山路并没有缠你的脚

缠你的是那朴素醇厚的乡情

宛如路两边缤缤纷纷飞舞的蒲公英

洒满你的全身

江南春夜

月高　风清

恬静一如墨泼的画

春夜，枕在蛙鼓之上

有桃花水潺潺伴奏

有带露的花香渗透心脾

而蛙们的轻音乐晚会

总是最佳境界

鸣唱出"春眠不觉晓"

月亮探进窗棂

清风起伏梦乡

春夜，走在四季之始

有心绪绽苞萌发新芽

有五谷丰登颗粒归仓之祈

而布谷的闹春之啼

总是叫人翘首以待

敲打着心壁温馨无眠

误入小坨村

只因雨雾遮挡住视线

车子一不留神错过岔口

路窄泥滑已经无法倒回

本来去查平坦村的路就这样糊涂前行

爬过一道坡岭转过一座山

一个粉墙黛瓦很是徽派韵味的小村

掩映在桃花梨花的雨雾里闪亮

小坨村真的很小

很小的小坨村却不乏诗意

旧房子新房子错落有致

带雨的梨花下

一条清澈的小溪

缓缓搅动小村的宁静

溪水边，有人在洗漱

这情景让我想起 30 年前在赣中当兵

每天早晨起床号响过

我们一个班一个排一个连全列队赣江边

一字排开齐刷刷响亮地洗漱

一次不经意的误走

轻轻拨响了我内心一条回忆的弦

24. **吴远龙** 诗 1 首

吴远龙，1962 年生，武义竹客人。公务员。多有社科著述。

枯黄，只是重生前的换装

生命的枯黄
披着黄昏的冬阳
静静地
绽放着终场前的辉煌
她依偎着树梢
享一缕暖阳
她静卧温湿的土地
为大地铺一席金黄
她倔强地挺立在湖的中央
寒风中低吟重生前的绝唱

不！不！不
我不悲伤，我不迷茫

这只是重生前的换装

人在哪里都是生命

路在哪里都是通向远方

花开哪里都是芬芳

生命终究会有终场

心若安详

无处不风光

心若不安

到哪都是流浪

昨天，你为我撑起一片片金黄

今天，你为大地铺上金色的苍凉

一叶一世界

一树一人生

落下的是故事

堆砌的是岁月

留下的是艰辛

寓示的是期许：

冬对秋的思念，叶对春的念想

25. **宋国斌** 诗 5 首

宋国斌,1963年出生于武义。职员。曾在《东海》《婺星》等省市级报刊发表小说、诗歌多篇,有诗作获奖。

冬夜的告别

这一夜,冬雪为我们

准备了一个很大的蛋糕

偌大的雪野松软寂静

二十七支蜡烛默默潜行

心甘情愿陷进冷寂的沼泽

直至没顶之前,我还是

如绝望的向日葵般

朝着您的方向祈望

亲爱的,这一夜,你没有来

猜疑,是一群野蛮的小兽

粉碎着过往所有的幸福与酸楚

一只只尖利的爪子如手术刀划过心头

亲爱的，我不要流血

因为今夜是如此的寒冷

我所有的念想和所有的体液

都已经冻结

仅存的一点心火

也已经在昏迷中凝固

我知道，这是你在用失约

宣告我们冬夜的诀别

黑暗中，我不敢用火柴点亮蜡烛

我怕一旦点燃了

会——全是孤独

（1989 年 2 月）

井　口

我在井底出不去了

四周都是黑黑的

我无奈地抬头

看见了一片亮亮的天

天是那种蓝蓝的天

蓝得甚至没有白云

没有鸟从那上面飞过
甚至不曾掠过一丝风的声音

我的世界只有井口那么大
看得高看不远又有什么用
我不知道是这个世界囚禁了我
还是我囚禁了这个世界

掉在井里我就是一只蛙了
唱出的声音只有自己能听见
我知道可以用一篇童话爬出井底
再用一篇寓言嘲笑嘲笑自己

每个人都有自己的一个井口
只是不知道什么时候会误入其中
其实在井里面呆上一会也很好
就算是进了氧气舱减压治疗

这一个季节蝉叫得太烦躁了
没有心灰的就难免趾高气扬
这一个季节冷的太冷热的太热
我在井底暂时不想出去了

（2001 年 11 月）

征　服

六月的阳光　温情地

洒在雨后的青枝之上

露珠化烟

想起徐浪　想起

去年这个时候还在穿越东方

风神般疾驰

潇洒坚韧的飞车王

去年的大雨

下在俄罗斯

却泥泞在中国这么多人的心头

假使悲哀也能做成赛道

徐浪　你可会开着你的爱车回来

谁也不会相信

这样的半途竟是一个

没有掌声只有眼泪的终点

大家宁可相信

这只是死神设下的一个弯道

只要一次潇洒的漂移

你就可以轻松地征服

是的　征服

是男人就会崇拜追风的速度

是的　征服

有热血就要狂笑拥抱艰难险阻

纵然前行风如刀砍雨如枪刺

也不能阻挡我们

徐浪　你是一块碑

上面只写了两个字

征服

（2009 年 6 月）

黑暗中的桥

桥长满了眼睛

看着将要从桥头

走过来的点灯的人

桥头是路

桥尾是路

夜的黑暗来了

灯光就是通往心灵的

最直接最温情的路

今夜，我在桥面

种下了一些心情

但愿天亮的时候

它们都会开花

我把诗行放进夜色

夜色就开始长出翅膀

开始飞翔

我把希望放进黑暗里

黑暗就开始颤抖

我相信，它们很快就将退却

而光亮将会很快占领冷漠

我的心被夜露打湿了

如一条鱼游过不远处的灯红酒绿

我挣扎着不肯跌进酒杯

因为我至少目前还不想麻木

我想我是走在桥上的一尾鱼

如果不再有灯亮起

我将会迷路

（2009 年 11 月）

湖畔的铜雕

这是九月的一个雨夜
你静静地坐在熟溪的旁边
写诗的是公园里雨中的树叶
今夜你只是一个听众

没有去想你坐在这里已经多久
只知道花开花落人来人往
能说出你的故事的人一定不会很多
几乎所有的导游都会将你忽略
更不会有哪位游客前来看你
他们合影的时候或者找古老的廊桥
或者很优雅地站在桥头铜牛的旁边
漠华，我的前辈我的湖畔诗人啊
你寂寞吗

很突然地就想起了你的诗
伸出手触摸雨幕就体会了你的愁苦
你爱上了一个为世俗不容不该爱的女子
带着家人依依惜别的悲苦离家上了旅路
在当年连哀愁都倦了的湖畔夜色中
你看见了一缕晨光热了自己胸中的血

开始革命开始为新中国不惜性命

你四次被捕受尽酷刑

辣椒水一桶桶倒灌进你的鼻子

木杆重重地碾压过你大得可怕的肚子

你的鼻子、嘴巴都往外喷射着血样的水

于是，空气开花，大墙开花

血红血红的花呀

烁烁地开放在共和国的记忆里

那一天连鸟鸣都是那样的凄厉

看不见的太阳坠落在京津平原

这一天的宣平老家也打雷也落雨呀

漠华，你就这样诀别了吗

三十二载的春秋实在太短太短

家乡的山水还珍藏着你的长命锁呢

长命锁上有你亲手镌刻的一行小字

"参加革命，不盼长命"

漠华，不盼长命的漠华

你用你的鲜血在沙漠中开出了红花

你才不会死呢

有的人活着已经死了

有的人死了却还活着

漠华，雨夜中的湖畔的铜雕啊

你就这样静静地坐着

静静地坐着

你是在品尝孤独和寂寞

再次酝酿着的又是怎样的诗心和激情呢

（2011 年 10 月）

王小玲 诗 2 首

王小玲，1963 年生，武义人，笔名一岚、昕玲。公务员。出版有《大写意》等。

水 琴

桥的倒影

映着阿狄丽娜的酒窝

风的涟漪

浣载渔翁的葫芦

垂柳应知水心事

宿命地敲着、仙翁般拨着

于是钢琴和古筝

隔着一波三生的霞光

婷婷幽幽、幽幽婷婷

迎娶水边的新娘

（2011 年 8 月 26 日）

德令哈子夜

那天，你披着江南晨的霓裳
叩开夜色下德令哈挂满冰凌的门
挑起海子当年
撂在山海关走亲的担子
开始了"把石头还给石头"的
援青之旅

这里是长江、黄河、澜沧江的源头
昆仑之母把乳汁奉献给
三江六岸生灵的生灵
怀着人与自然游戏的藏宝
玛瑙、石油、盐湖、丹鹤、藏羚羊以及
雅丹、外星人和可可西里

揣着半夜缺氧的梦境
你翻过雪山来到到冷湖
这里地不长草、天无飞鸟
一个班只有三个学生
班长脸颊的酡红透着油田的余温
两只清纯的眼斟满好奇

为了这些西部的孩子
你——援青的浙江儿女
顶着寒风冒着沙尘
在荒地上建民居通饮水造医院
还有八音河边那耀眼的
海西高级中学和青少年活动中心

为了践行昆仑探宝之约
你把紫金港的实验室娶回德令哈
你将柴达木红黑枸杞嫁到嘉兴
你引百名浙商进海西投资
你为万山之祖——昆仑
赢得了世界地质公园的荣誉

你手把手教会蒙古族、藏族青年
在键盘上弹奏创业舞曲
互联网＋枸杞、藜麦、青稞、牛羊、骏马……
农副产品在线商城缩短了
世界与青海湖的距离

昆仑立马心系江南烟雨
梦回钱塘魂牵西域戈壁
听，暮色苍茫中海子的梦呓
"姐姐，今夜我在德令哈"

（2015 年 7 月 6 日）

27. 鄢子和 诗3首

鄢子和，1963年生，武义湖塘沿人，笔名庙亭、老庙、旮旯游客等。诗人，记者，编辑。出版有《庙亭诗选》等。

野猪群

当冬夜弓腰持着利器
野山排出长长的爪足形同章鱼
一只　两只　三只　四只
五只"寻根"的野猪嗅路逼进
准备袭击浙南某山村
可头刚拱入守候已久的射击圈
便土铳齐发喊声乍起
结果突围中牺牲了一只
并咬伤了一位最老的猎人

一群猎人扛着猎物抬回首领
狩猎的兴奋唤醒了小脚媪妪

整个山村如祭祀图腾

猎人是山民的领袖大山的主宰

他们接受了妻子的爱抚娃儿的欢呼

可第二天清晨

猎人们的家里却都少了家畜

白光下　一只　两只　十三只野猪

竖起鬃毛剽悍地绕着村落

暴眼示威庄严游行

正当猎人们尿湿裤裆抖瞄准星

栅栏里豢养的牲畜又一片嘶鸣响应

猎人们才认出打死的那只

是首领家失踪几年的雄豕

野猪群如入无人之境

访问了每个久违的栅栏与同类

便排一路列队向野山掉头回营

在它们后面　村口

两个最年长的撑举披红的豕尸

全体猎人额手称庆然后端枪

为反抗暴力和奴性的野猪群

鸣　铳　送　行

（1987 年 4 月，柳镇）

西西弗斯

这是一个人的奥运会
这是一个人的竞技场
没有角斗士的血腥刺激
没有万头攒动的掌声呐喊
其实西西弗斯推动的石头是座大山
让一座山感受一座山
一座山称称另一座山的分量
那块石头就是人类的头颅和思想
巨人推动巨石上山
自以为高人一等的神祇怎能心甘
众神就惩罚这位建城的国王
这位说出神秘绑架死神的西西弗斯
巨石即将登顶时被神滚落下山
一切时间和力量又得重新开始

西西弗斯推动人类推动自己
推动向神挑战的人类登上神的峰巅
众神就羞辱折磨西西弗斯的意志
消灭他身上让神恐惧的灵性和力量
摧残黄金时代抒写史诗的人
那块石头是人也是西西弗斯化身

他在周而复始的无效无望中抗争
被罚在地狱劳役也要坚守叛逆
他用石头和石头一样的胸肌与臂力
证明人王能做出神也做不出的事情
坚如磐石的心性和沉重如山的忍
神以为自己是唯一不会死亡的生命
人性喷射神性的光芒也能战胜死亡
这无与伦比的光芒进逼神祇宝座

西西弗斯是比半人半神潘还勇敢的人
他热爱生命拒绝死神召唤
还为子民争取延年益寿万古常青
这样的人王是神最害怕的人
他用石头砸出一个真理——
真正的人肉体必将回归自然
精神可以流布神灵飞翔的天空和大地
但每天劳役是道数学物理难题
他和石头是兄弟推石就是推自己
攀登时要让人石山都尽可能少耗损
快登顶时被迫撤退又要小心
巨石不能砸伤人畜树草和生灵
在神的惩罚中爆发所有的人性神性
保护他热爱的生命和热爱的自己

西西弗斯在庸常失败中创造史诗
他的竞技场在史前的罗马希腊

也在史后家门口的大通寺和牛山

滚落的石头不能砸伤岸上生命水里游鱼

也不能砸坏山脚祖先和子民的墓地

抛物线平稳着地不伤及宗庙石刻群

每次夯击还要夯实自己站稳脚跟

他的故事留下天地人的寓言

与天斗与地斗挚爱同胞不与人斗

人王是山是巨石宁可碎了

滚落一地也要和子民站在一起

融入石头泥沙和水就是一条绵绵河流

大河奔流吟唱传奇赞美英雄

人王坚定如山护卫爱河永浴

两颗门牙捍卫尊严

——纪念沈泽宜老师病逝两周年

他喜欢足球

两颗不落门牙就是自己守门员

在人间，他经历天堂和地狱

遍体鳞伤，没有一块骨头不碎裂

沧桑枣树，树尖挂着两颗干瘪枣子

所幸他至死留下两颗门牙

所幸他高龄病逝

两颗门牙就是坠落飞机的黑匣子

所幸火化也没把门牙烧毁

两颗门牙只有跟从他的骨灰进入墓地

两颗门牙翻个筋斗落地

就是守护墓碑的两根石柱

坟前墓后是好大一片绿茵草地

在另一个世界

两颗门牙继续担任他的守门员

28. 王华俊诗2首

王华俊，1963 年生，武义人。广告公司老总。

消失的云

【引子·云说】

你消失了 / 我也就消失 / 你睡着了 / 我却还醒着 /

我等着 / 你却只在我的手机里呆着

生活是一种重复的累

洗去的不是脏

是生活的印记

我们总是想回到生活最初的状态

却无法阻止躯壳的老去

不需要每天洗净自己

因为它才是你最初的味道

最本真的气息

下雨了

从不喜欢撑伞

为什么要阻隔肉体和雨水间的相见

一个没有太阳的清晨

雨从未停歇过

让我们 KS 吧

让大雨沙沙为我们伴唱

让你我 ML 吧

让满溢的快感冲去所有无名的忧伤

听雨

无声地拉近了彼此的距离

带你回到我的雨窟

飞向你的云巢吧

从此　栖息

容我再小睡一会吧

尽管这只是静静躺着

让彼此的心一起一伏

感受深处的脉动和窒息

当没有了魂魄

还要这躯壳做什么

当爱成了一种施舍

还牵扯着恋人的裙裾做什么

从无话不说到无话可说

究竟走过了多少个漫漫长夜

乌云密布的天

我找不见了云

……

愿做那枝花

愿做那枝花

含苞在明招墙上

不因红杏而所动

不以无得而不舍

生命不论得丧

只为一度一花的静养

愿做那枝花

盛开在明招山上

不因群芳而斗艳

不以无人而不香

生命何论短长

只为芳华一刹的怒放

愿做那枝花

静守在青檀纸上

不因近墨而色变
不以无色而不见
生命不求亘古
只为听见不语的禅声

包剑萍，1964 年生，武义人。职员，诗人，画家。

在春天

这种时节　你总是

出其不意

惊动石头　河流

惊起草丛　不远处的一段

鹅卵石路

恰如你　入梦前

所见石缝间

那一小撮

不堪入眼的菖蒲

（2014 年 12 月 28 日）

四月的樱花

也许　蜡梅次第含苞
就令人异想天开了
比如　要过春节的二月
却想见见　四月
四月的樱花

我家没有樱花
没有的东西还很多
走出窗外
总有一些呼喊等待着
比如我想说的话

体内的野兽
就如花一般醒来
邪恶和诱惑
蠕动在发痒的伤疤
一边展示英勇
一边唾弃着悲哀

（2015 年 1 月 13 日）

消　失

挂念

仅止于

见与不见之间

体验

转刹那　如水

如烟　往事

有时可以　回眸

阳光下

黑暗里

光阴恰似

一把刃剑

让回忆　滴答流血

（2015 年 1 月 25 日）

流　逝

许多所谓的爱

本身就是如此流逝的

爱在液体的一部分

有时可以凝固

也可以莫名蒸发

许多路都是弯曲的

直的心肠

却不能抵达爱的深度

你我之间

擦肩而过的仅仅只是

邂逅中的一场事故

（2015 年 3 月 3 日）

我已经苍老

一棵树

是一种象征

如你　站在

祠堂大门的对面

其实　你

也是　门神

孪生的

神荼　郁垒

保佑　春天有花

不会老去的梦

使我　徘徊

于快活之间

并已逐渐苍老

（2015 年 5 月 29 日）

蝴蝶花

那时　我还不用弯腰

就可以看见它的姿色

那时　我还小

蝴蝶停在叶上

再也没有飞走

后来　才明白

那飞不走的是爱情

在扎根的土壤

演绎另一种升腾

千百年流传的梁祝故事

也不过有意无意间

一出被定格的悲剧

（2015 年 7 月 20 日）

鲍李俊诗1首

鲍李俊，1965年生，武义人。自由撰稿人。著有名人传记多部。

爱的肖像

雪落无声
蹄落无声
我将踏着欢快的碎步而来
将翻越雪山蹚过冰河而来
将循着你的暗香寻根而来
此时世界素净如纸
只有梅姐姐你傲雪绽放
我是守望着你的那只痴鹿
摹描你的姿容刺一身花绣

应该是花纷蝶闹的时节了
你却含蓄成一枚枚青子
我口衔一枚酸酸的心就无法回归了

无法回归的心便成了纸鸢
滑翔于青蓝色的梦境

有一种意象是柔柳无力依偎而动人
风过处蛙声顿止
在天地间猛然平静的间隙
梅子熟了
那只痴鹿的眼神由此沉痛了许多
在无人知晓的溪边引颈长鸣时
便有黄梅雨纷纷响应

李裕亮，1965 年生，武义人。社会办学者。

七　夕

这是一个莲花灯漂满河流的夜晚，
月色如钩，和孔明灯一起俯视人间欢爱。
古老的熟溪桥以及河岸，
烛光映照着一群群多情的生灵。
男人和女人们手持清香，袅袅香烟把祈愿升起。
一个古朴的民俗，
将在今晚演绎生活和爱情。

穿过岁月的熟溪静静流淌，莲灯闪耀，
宛如一条银河从远古的、凄婉的故事中
流淌着美好的向往；
跨越熟水的廊桥托起爱情，吱吱嘎嘎，
全然是一座喜鹊架起的桥，让牛郎和仙子
相聚七夕倾诉衷肠。

鹊桥边，一个男人坐在纸扎的牛郎和织女的身前，
时而敲锣打鼓，时而笛声悠扬。
在这个月朗星疏的夜晚，这充满古朴风情的礼乐声，
一如浓浓的惆怅，蕴绕着天际，蕴绕在男人女人们的
　　心房。

万人涌动的河岸，
人人心头充斥着幸福或者期盼或者哀怨或者忧伤，
如一群群游荡的灵魂，
在银河边如鱼般穿越恍惚的幸福和沧桑。

牛郎你真的会来么？
仙子你真的会来么？
牛郎你永远不离开我么？
仙子你永远不离开我么？

点炷清香吧，在这样一个暧昧的季节暧昧的日子暧昧
　　的星夜。
没看见那几个穿着红色旗袍的小女孩吗？
她们将莲藕一样的小脚伸入银河，弯腰点燃蜡烛，
天真的脸庞写满虔诚写满向往。
但愿王母娘娘的发簪不再划破天际，
让长大后的爱情不再隔河相望。

河岸的场地上，香烟缭绕，

大大小小的荷花灯迎接着仙女的来访。

香案上供奉着鲜花水果，

七仙女牛郎织女以及他们的后代金童和玉女的形象，

画在每个人的心房。

一群老的和不老的太太在跳舞唱经

从敬天敬地经、摆斋经、上香经一直唱到织绫绸

七个仙女织绫绸呀，

织得什么好花名？

织得麒麟送贵子呀，

织得鲤鱼跳龙门。

织得金鸡配凤凰呀，

织得喜鹊会做媒。

……

一句句经词一个个祈愿，

融入夜色融入心田融入宁静的星际。

今晚，并不只是属于年轻，

今晚并不只是手持玫瑰才代表浪漫，

对于太阳、月亮、星星保持应有的崇拜和敬仰，

对于天空和神仙的想象，

比浪漫本身更加旖旎更加奔放。

今晚，请不要哀怨请不要悲伤，

今晚，我们都是仙女我们都是牛郎，

爱情将在我们纯净的心里相聚，

美好的情节可以细细回想。

只因了年复一年都有今夜，

我们年复一年地为爱情守望。

今夜，

在葡萄架或者梧桐树下的美丽神灵，

都能听到我们凡间的窃窃私语欢笑满窗。

（2008 年 8 月 9 日）

32. 吴文应 诗2首

吴文应，1966年生，武义人。工人。

熟 溪

心如止水
只是一个无奈的借口
只是遍体鳞伤之后
对源头的一缕温存
扯一晨浓雾
遮掩起背叛的辛苦
无风也悸动
只是镀金的耳朵
无暇倾听煮泪的声音
既已出发便勇往直前
恰好用波涛跌撞的伤口
装帧沿途迷人的风光
当弯弯的月亮
吱呀呀摇进我的小床

我的心情便一圈接一圈

松散开来

漾荡成坦荡粼粼向往

醉醒两岸花窗

恋　歌

我是一枚小小的叶子

就站在你门前石榴树上

长一个最佳位置

迎你送往

清晨你开门出行

银铃般的笑声溅上枝头

我幸福摇曳

摇曳七彩霞光

傍晚你小鸟般归来

轻快的脚步赶走午后的寂寥

一浪掀过一浪的蝉声

此刻显得格外温婉

当迷人的月光

轻拢你粉红的睡衣裳

我就在你梦里窗外

收集你绵柔的芬芳

时时刻刻不愿错过

你花开的声响

点点滴滴藏进我叶脉

藏在最翠最生机的地方

有一天飞下枝头的时侯

我就拥有了起舞的翅膀

33. 郑宝明诗1首

郑宝明，1968年生，武义人。农民。

秋天的梦

在一个萤火虫消逝的夜晚
秋季，张开它巨大之梦翼
掩卷而来，我

走向你，带着昭示的神秘
这昭示来自浅滩的石头
在夏天，我变成石头静穆地躺在水底
一个少女洁白的衣裙，掠过水面
如云

你默默地来
又默默地去
只留下一个深切的眼神
而这个眼神却使我荡漾了整整一个夏季

如今，我走向你

风信子走过秋天的田野

从北方带来降温的消息

迷雾的世界沉淀一个迷雾的早晨

在这个早晨

菊花悄然含苞

而太阳，布满金色的诱惑

我走向你

抛开自卑，抛开羞怯

举起杯，喝干

一个季节漫长的黑夜

是一杯咖啡

昏黄的路灯炫示着 $1 + 1 = 1$

田野涨满乳汁

稻子呼唤收割

马鞭草纵横布满

错综的道路

有一条道路的方向

指向你

乌鸦欢乐的叫声

自云端

摇落荡漾

我走向你
我喉咙里滚动的果核
磨砺成闪亮的钥匙
走向你

人与泥土的结合
果实孕育于大地的胎宫
蚂蚁用自己的血汗养活自己
在每一片落叶面前
我们都是
无能为力的帝王

一次愉快的收获
田野一片缄默的空白
但你随风飘散的长发
布满黑色诱惑的流火
动情地燃烧我

燃烧我，我厘光豪放的锄头
重又翻开大地的胎宫
贮满生殖欲望的种子
又在永世情人的泥土里
裂开嘴唇，我

又走向你

34. **潘政祥**诗2首

潘政祥，1968年生，武义人。转业军人。著有诗集。

到了最后

到了最后

我与夜一起倒进花丛

而你本应在我的怀里

夜裹一团细雨

就像秋末的凉风

蕴藏着一切悲剧

而用手修筑的花墙

却被双眼望穿

墙外

雨也稀　雾也稀

这么温顺

这么迷离

像你像你像你

可不知去向的你啊

可曾听见

太阳在远处

重重地叹息

爱的碑文

古老的月光水一样流淌

街灯如梦般在波光中摇荡

这时辰　恋人像窝蜜蜂

向曲径通幽处猛涌

青石板　松林间

都挤满了少男少女的欢畅

我的灵魂　沉思吧

掩上耳朵　别听他们的喧哗

别让它闯进我丰满的记忆

要爱　也得回自己的屋里

沉思吧　我的灵魂

在那绝无人迹的一隅

静静地沉思　默默地背诵

那已被野草荒芜了多年的爱的碑文

35. 王洪主诗1首

王洪主，1969年生，武义人。老酒厂工人，现为自由职业者。

横跨某个夜晚

文明的蚊子发布战争宣言
你让你的陋室青烟弥漫
你的文字并不顺从地听从摆布
墙上栖满昏黄的灯光
那些灯光踌躇犹豫
绝对没有自信

你打算让你的文字掷地有声
摇摇晃晃托起你傲然的目光
对着窗外缓缓移动的月亮
你　狂吐青色苦闷
你似乎有必要从纸片上
看见美女扭扭捏捏而来

黄色金币叮当作响

可你又看见李白在小舟上游荡

所有的青丝凌乱

你对着星星叹气

你至今无法读懂辛辣的液体

你注定成不了李白

你不该来的

你来了

太阳并没有注视你

肤色决定你为东方的儿子

而你庸庸碌碌一事无成

你不可能知道

你为世界生存

还是世界为你生存

你躲在陋室里玩弄夜晚

手指发黄　眼睛寻觅着

你对着昏黄喷吐淡蓝色的忧郁

你叉开手指展览一个生灵的尸体

（1989 年夏）

蓝献伟诗 2 首

蓝献伟，1969 年生，武义人。教师。

故　乡

小时候
觉得故乡大得没有尽头
翻过一个坡
还有一个坳

现在漂泊在外
方觉故乡很小很小
可以装在心里
可以带着走

只觉得沉重
那么多的大山和石头
垒着太多的乡愁

母亲的信

母亲不识字
母亲靠纳底绳写信
母亲的信很长很长
一头系着学校
一头连在家

母亲有许多话
每封信都写得
密密麻麻厚厚实实
一串串针脚
一串串省略号

从春到秋由冬至夏
在我上学的路上
写亮了星星
写弯了月亮
写笑了路旁点点的小花

包剑良诗 3 首

包剑良，1971 年生，武义人。教师，画家。

太湖石魂

屹立了千年万年

你的身姿　依然硬朗年轻

看淡了湖水的烟波浩渺

见惯了繁城的绿酒红灯

那扇古典的窗棂

褪尽了烛影摇曳的容颜

沧浪亭下

琅琅书声未曾遥远

拙政园的画本　秀美宛若昨天

而不知读懂禅理的

是耦园的佳偶双隐

狮子林的别样洞天

还是寒山寺的悠远钟声

载入史籍的园林

或许是高墙下的另一种风情

青山依旧　绿水尚清

年年岁岁　游人如织

有谁才是你的知音

黄金题字　古碑苔藓

别过旧韵　红叶却似无心

生命的回忆　总和骨肉相连

这才是你想要的丹青吗

楼阁亭台粉饰新妆

小桥流水倒映倩影

铺入岁月尘埃下的宣纸

曾为哪位佳人伤神

今日　是谁的笔墨纸砚

定格在历史的清晨

重复不尽的四季

或许这就是你想要的春天

沧桑的骨骼里

有鲜活的生命

流淌的血液里

参透了一位智者的五性之境

正如先人所云

太湖石魂

瘦里骨气昭然

透中表里如一

皱及拙朴厚重

漏载谦虚自明

这或许正是

新表现主义丹青的平凡画境

古镇遗韵

每一个中国古镇

都凝结着鲜活的青春

浓缩千年的传统记忆

本是一帧立体画卷

惊艳而神秘的色调

是多少个春秋才绘制而成的

绝世丹青

白云山影相随

明月清风为伴

打柴　网鱼　养蚕　躬耕

自己建造的家园

是付诸理想的山水

家乡的河

传唱着吴歌越曲

当年的孩童已经渐老

远去的风景依旧动人

悠长的石板古道

镶嵌着祖先的思念

被吟咏的晨光

定格成乡村葱绿的诗行

古镇　古村

往事如烟

画家的丹青

记载丰赡而斑驳的过去

也续写鲜活而传奇的今天

故园之缘

史籍的瓦檐　已然使得

记忆驳驳点点

一道道岁月之门

引领着我们　腾空所有行囊

虔诚走进梦想的园林

屹立千年万年的湖石

阐述了自然与生命的庄严

怡园厅堂

那株怒放的宋梅

演绎着年年季节的轮回

俨如巧遇唐诗的古雅

宋词的婉丽

历史的园林是一轴

青绿长卷

斜卧角隅的青砖黑瓦

也是一阕写意的诗篇

岁月的鸟鸣　恰似画眉

停歇在长满苔藓的古碑

层层叠叠　重重复复

映照着江南意蕴的梨花丛影

故园

你定然知晓米芾拜石的场景

那棵传神写造的紫藤

是否还记得唐寅的诗文

风水流转

在文徵明的笔墨之间

历史之园已更换了多少主人

淡定的山山水水

倒映过王侯将相

总也挽不住文人的诗酒流连

隐逸的禅园

早已淡忘了诗僧的背影

而城市的山水

才渐悟到倪云林的笔墨遗韵

那曾经光宗耀祖的牌匾

隐遁在岁月的尘烟

于如织游人谈笑间延伸

园林的春天

缘于智者的梦境

折一枝三月垂柳鹅黄

挥毫泼彩的影像

就有了醉人的芬芳

那不经意的凝望

描摹的姑苏城墙

就有了新的内涵

和风掀开绯红的云朵

满园的景色伴奏画家的彩笔

一路吟唱

胡朝东 诗 4 首

胡朝东，1971 年生，武义人。省城公务员，诗人。
出版诗集《复调的行歌》。

相信春天

很自然地告别一段空白
并不固执地认为
一切挣扎都会在心头
留下痕迹
即使天空仍然倾洒残留的细雨
我们依然汇集在那条路边

在认识真善美的旅途中
我们绝不能省略了
晚霞　枯树　冬雨
还有老人
长大了，才猛然醒悟——
阴沟是为了送走污浊

而承担了千古的骂名

所有的花

都会在这无奇而真实的季节

依次开放

自然界的辩证法中

墓志铭也是一张通行证

一种信仰走过了风风雨雨

春天的开始让我们

相信春天

（1990 年 4 月）

走过精神担架

我会有狼的眼睛

流动在黑色的森林里

对远去年代的潮湿和火舌

因怀念倍至而泪流

在世纪末风潮般的絮语中

我　点燃了腐叶

某种类似敲门的声音带着节奏感

直入胸膛

洒满阳光碎片的草地上

一羽白鸽远离了自己的影子

不远处　　一个幽灵般的孩子

用不知疲倦的眼神搭积木

我知道

我要从精神担架上爬下来

阅读身边所有九曲回肠的情节

我会说服自己

拒绝做一枚仿制的古币

在铁器样的冬夜里发光

（1990 年 11 月）

假如生活在别处

假如生活在别处

选择山林下

做一叶伏地的蒲草

浸透于大地深处的阴凉

所有的命题

抛在脑后

就愿意恍如午后一梦

假如生活在别处

选择溪流边

做一尾斑斓的小鱼

顺着河道　　做

一次轻松的旅行

无论置身与去往何处

无须铺垫与运筹

假如生活在别处

愿意潜伏回童年时

那个有些幽暗的夏夜

在蝉鸣中晚归

制造一个属于自己的惊喜

假如生活在别处

愿意修改青春的某个章节

比如把校园外那条

从来不曾到过终点的

幽静小路走下去

假如生活在别处

愿意偷渡到无人的国境

让猜疑与诡秘的心计

用来下雨

让烦琐与精细的布置

用来开花

（2008 年 7 月）

信　仰

洪荒般的信仰

蛰伏在冬天的沙漏里

破茧而出并非在电影的午夜场

而是被似有似无的承诺

羁绊

直到那一天

跌跌撞撞地

行走过山色空蒙

行走过月色洪钟

宝石山的林野之上

视觉并未如花

音色也非似铜

但生命中期许已久的

桃红柳绿

在山阶的步点上

露出了慧因慧果的端倪

湖畔新诗选 ／ 142

清脆的脚步

就这样

走入了人间

（2016 年 5 月）

39. 廖仁土 诗5首

　　廖仁土，1971年生，武义大河源人，笔名东皋子、辛楚等。教师，公务员。曾经几近疯狂地阅读、涂鸦诗作近5年。

秋天的缨

缨已成熟，那是憔悴的
玉米穗，在黄昏的风中
拉出星星点点的影子，在秋天
荷重的秆子无奈地等待
等待手、刀子和终结

缨，秋天的缨
在生长季节，鸟嗷啾于我们之间
缨和松的生机，大地的生机
在蓬勃的夏天，一条束发带
扎着我们的郁葱、旺盛和爱情

而今起风了

缨，憔悴的穗，

从常绿林中折回的岁月之手

为什么就改变了你

在你萧瑟的大地

我失落又悲伤

绿色针的眼睛无法直视

枯黄、飘零和消失

把你的玉米苞挂在心的檐下

但愿我能再看到一轮冬天的太阳

（1991 年 12 月）

清晨，我想在鸟鸣中醒来

天微明，鸟就开始欢叫了

因为它知道

柳树鹅黄的眼害怕黑暗

生活是深夜中疲于穿行的火车

经过一个又一个灯火通明的城市

可我却看不到那窗户

还有那灶火下熟悉的面孔

学会了作践甘甜的苞谷饭

在列车的餐桌上

我却仍然深知玉米的营养

母亲告诉我如何做一个强健独立的人

只是觉得城市太远

我已习惯不再下车

哪怕经常贫穷得如同乞丐

黑暗会很快疲倦我的双眼

但我想在鸟鸣中醒来

母亲，这不是我们的初衷啊

鹅黄的眼需要春天的阳光

我们对生活的承诺

绝不是简单的登程和虚无的心灵

（1993 年 3 月初稿，2010 年 3 月修改）

栗园故事

灵鳍倏忽女孩如鱼

在疏枝败叶中

冬日春阳撩黑发抚酡颜

鸟鸣声渐次丰富

情语入地　蚯蚓松土

春雨泅濡的坡地绿意悄然浓郁

山谷是大地的提琴啊

弦乐在傍晚时分响起

如蛙的仰望只见山峰无语

独立在夏日斜阳中

松与杉抒写着刻骨铭心的爱情

我孕育带刺的果实对抗黑夜

哪辆马车　载你而去　奔向远方

奔向远方　你去而不返　是哪辆马车

黑夜中，诗人海子鞭响钢轨

把自己载向天国

翠绿的记忆渐黄

秋风来了

擎一杆竹竿

少妇丰腴的手臂举起

栗树坚挺的守望落地

金光菊和女贞子还能汇成洪流吗

大豆在枯黄的情感中暴裂如雨

栗树不相信眼泪

我还是咧嘴笑了

（2002 年 12 月）

高速路上

车流中的假日依然烦躁

把一个个指示牌当成远方

在辐射般扩张着的高速路上

我不是迷失在狂奔中

就是焦灼在堵车里

如同往日 Word 里的文字

即使一次又一次地按下回车键

也终成不了诗歌

渡我抵达自在的彼岸

挽信仰和荣耀的手漫步

习惯于交出，在与生活的磨合中

我交出了春雨中的萌芽

交出了夏日下的坚守

交出了秋夜里的仰望

交出了冬雪上的奔跑

交出了没有重金属污染的爱情

……

索性就成为一颗沙石吧

车轮碾过

车轮扬起

细小如尘，在挡风玻璃上

我仍有石头的棱角

虽硌痛不了逐鹿的视线

但也让你想起——

不远处有缓缓河流

流水里有参差荇菜

小洲上有关关雎鸠

（2014 年 3 月）

垂钓时光

一竿一世界

这一湖的碧绿多像入定的钓者

抛一弧雾化的宁静

钓我于案牍之外

倾听草儿拔节花朵绽放

谁在岁月长河里垂钓

一只跳动的浮漂

独立于繁华的过往

钩沉着云和月

将诗歌装满鱼护

春潮满江，夏雨击荷

秋露幽兰，冬雪暖阳

一竿纶一钓伞

四季在心中

（2014 年 5 月）

李宏勇,1971 年生,武义人。企业高管。

我们是云

你是海的温柔和深沉的化身
我是山的粗犷和坚韧的升腾
——我们是云

同样的一条根
滋长着同样的渴望和浪漫
虽然我们没有伟岸也缺乏悲壮
但我们拥有美丽的希望和心愿
——我们是云

轻纱飘抚你的臂弯
那是月亮王子理想的港湾
在这湛蓝柔美的泊地
我愿是疲乏的小鸟创伤的扁舟

厌倦了长河落日孤烟荒漠

我只想饱尝那梦呓般的甜蜜

如果是站在风里

就让我们携手共行

如果是站在雨里

就让我们一同化作甘霖

轻轻地，我抚去你忧怯的目光

轻轻地，我望着你幸福啜泣

你不必叹息漂泊无定

纵是化成雪也无须在意

因为

——我们是云

41. **吴俊华**诗2首

吴俊华，1971年7月出生，武义人。国企员工。

致卖火柴的小女孩

你是异乡奔跑的孩子
你的赤脚敲击大地
深深刺痛我的心

新年的太阳姗姗来迟
你的微笑凝固在
黎明尚未来临的前夜
路上的行人来来去去
他们不知道你的梦想
他们甚至不知道你的名字

这个华灯初上的城市
看不到家乡的青青草地
那是生长稻谷和诗情的源泉

有没有人告诉过你

这条回家的路又远又不好走

不要问我

为什么我的眼里常有泪

我的泪水　是无可挽回的哀伤

滴落在你的梦里

谁能告诉我

那些闪闪发光的真谛遗失

在哪里

卖火柴的小女孩呵

你是我最后的童话

没有你

我的心不再有梦　不再有诗

你曾经擦亮的火柴

在今夜　怎样为我指路

风的命题

煦暖的风爬上长满青苔的矮墙

吹皱春天慵懒的眼睛

一只梦中流浪的风筝

飘浮在三月的天空
翩翩，翩翩起舞

蓦然回首
望断风尘阻隔的旅途
伤感由来已久
曾经吟诵的歌谣平静如水
阳光走过黯淡的人群
以灿烂覆盖灿烂
春雷已经鸣过

午后，很静很静
感动过我们的那些事
在春天的风里温暖起来
印证雪莱永恒的微笑
即使寂寞的山谷
也有不败的花在开放

如果你累了，请你坐下来
听听沉默的石头的歌唱
歌唱大地　歌唱山川　歌唱河流
歌唱春天

42. **叶伟强**诗2首

叶伟强，1971年生，武义竹客人。从军，经商，写作。

尘埃落定

萧瑟的秋开始弥漫

扩张着一缕尘烟

紫枫儿演绎秋的五彩缤纷

从容地一叶落天涯

秋撑起了挽联

肃穆

不再有了蝉鸣的打搅

静谧的夜晚有了凄凉的苍茫

孤雁南飞

寻找新的家园

彻底地把曾经遗忘

淡淡的忧伤

尘埃落定

风樯遥度天际画柳烟

遥看天际消沉

暮色染晚霞

淡彩

（2011 年）

爱在五月天

邂逅美丽

不用轰轰烈烈

倚着温润的时光

听花开声音

绿了芭蕉，红了樱桃

怀着一颗感恩的心行走于尘世

将那些浅遇深藏在年华深处

在清茶中寻觅一份清静

水雾、氤氲、缭绕、飘散

任汤色一点点淡去

掌心还是五月的暖

穿过静夜的墨香

在岁月的沧海中静静收藏

怀揣一份悠然

于天地间从容行走

让心绪绽放

在心底开出一朵暖香

将生活装点诗意

（2015 年 5 月 18 日）

43. 邹卡宁 诗 1 首

邹卡宁（1971—1998），武义柳城镇人。原武义日报记者。

秋　祭

把空的酒杯留给你

这是一个未成形的标点

酒还没有酿就

秋天已在窗外伫立良久

我们还没有意识到秋天的来临

最好的果实已经凋零

在秋天毒蛇般的路上

牧羊人绵羊般地走过

围着红红的火炉

我们焙着最后一张烙饼

一阵风破窗而出带走了所有光线

此刻有一辆破旧的马车辚辚碾过

载走了所有的话题
载不动的只有沉默

把空的酒杯留给你
注入心灵漏斗的只是孤独
而酒还没有酿就
早上出门找果实的人
遭到了善良松鼠的暗杀
秋天宁静的林子里充满不幸
谁也无法阻挡森林里延伸的足迹
就像黎明和黄昏的天空
注定要血流成河
就在这样一次无言的争论后
你推开了窄窄的木板门

把空的酒杯留给你
换取那本写满秋天故事的书
我们读得很早但领会得太迟
你的痛苦在血管里无声流淌
流进了每一个秋天
从第一个到最后一个⋯⋯

44. **王小明**诗 1 首

王小明，1972 年生，武义柳城镇人。自由职业者。

给莲乡的一位女子

我站在三楼旧台上，良久，恍惚间，地陷楼塌，
所有物体汇成洪流，
如悬梯一般倒挂下去，不久已身在崖顶边沿。
向下凝视，江南之南隐在崖壁的某处，
只是树杂雾浓，有些模糊不清。
曾经恋了三年的女子，
就住在这卡夫卡式的城堡里。

急雨如箭矢，莽莽苍苍，
横射在万仞坚壁上。
一位着唐装的绿衣女子，忽而拨开箭雨，
登崖而上，在眼前浮现。
竟然就是那位魂牵梦萦多年的女子。
皓腕凝眸，口含嫩莲子的清香，

还是旧时模样。

总是在我沉寂的时候，不经意间，
你已不期而至。

年少时我是一颗青皮包裹的莲子，也曾
举着坚定有力的右手，像托起一株昂然坚挺的莲蓬，
在青天下信誓旦旦。最乐意的，
就是穿着一身青衫，做一名谦谦君子，伴你在
华丽婉约的古典诗词里，
摇着一把绘有清明上河图的扇子驱蝇扑蝶。

后来我天涯飘零，浮沉俗世
但也时常挺着倔强的莲蓬头，
凭着与星光对视的姿态仰望，曾见你
在皎洁无垠的月光下飘然而过，
或在柔波似的莲座上饮露抚琴。

曾一度模糊久了，以为你已在时间的流逝里，
空间的深广里，无形消散了，
然而你就像是一颗有着无边神通的光粒子，
会在某时某处，迸弹而出，
你的闪亮的双眼有如灼火，朗照我，
仓皇之中，已难遁卑微的身形。

我曾那么无助地彷徨于天地，

迷茫沦陷至深渊，虚空中独见你

在一丝弱光里，穿越到暗无天日的元朝，

迷失在窦娥的冤身里，两个元兵押着你奔赴刑场。

或者在众人唾沫的汪洋里痛苦挣扎。

也见你以冷漠的羞赧独视我

披着褴褛的衣裳招摇过市。

人生无常，思想难以找到停泊的港湾。

在我疲惫已极的时候，你也这样无声而来，

始终如一地，带着粉红粉红的笑，

用一丘一丘绝无二致的莲田，

把我脑里生锈的芯片一次次更换！

45. 谢晓军诗2首

谢晓军，1973年9月出生，武义人。教师。

过 客

在传说里，我是生命中的过客

久远的年代

我牵着马彻夜赶路

除了是行人，我已不知

在哪一种夜色里

更像自己的耳闻

我彻夜赶路。郁结心头的压抑

在漫长的风尘之后，我知道

我来自过客的人群。纷纷走向前头

我是失群的哪一个

在恍然间　我挥鞭

我赶路　一错再错

真的不要问我是谁

咬破自己的手指头

我是生命中常见的过客

在艰难的回溯里经久不息

题一幅画的心情

心形的烛花

女人清晰的脸庞

挂满慈祥和祝福的低音

一生不遇的爱情

是一种美丽的向往

最后一个男人的离异

在夜阑深处

数着蜡烛的人

于宁静中一再延期

秋天的女人，手捧洁白的信物

如数而至

你爱情的残局

谁来收拾

46. **周寿伟**诗 4 首

周寿伟，1974 年生，武义西舒人。经商，诗人。

海口抒怀

风从大海来，浪从天涯来
越过高墙飞檐，将军的眺望
折断了翅膀，前方无路
唯有光阴飞渡，从汉唐到如今
唯有南渡江的蛟龙，不肯屈服
唯有彻骨的痛，才能唤醒
沉睡的炮台，一次次血染落日
一次次粉身碎骨

聆听悉尼

就在这里，河流汇入大海

漂泊者幽微的光亮升起

如萤虫点亮夜的浩瀚

海妖的歌声穿过太平洋的乱流

点亮歌剧院的穹顶，命运的风霜

将磐石打磨成珍珠

卧龙岗波浪岩，有人在呼喊

雪梨，雪梨，他要用古老的药方

治疗喉咙里焦灸的乡愁

乡愁墨尔本

不知疲倦的雅拉河

恋着远方，把整个大陆的财富

运到海边

太平洋摇晃着蛊惑的红酒

磁力线把命运的铁屑牵引

散开又聚拢，唐人街上

赵钱孙李的子孙

跨过半个地球驻足相遇

亘古不变的乡音，藤蔓般

把温暖和记忆收拢

在卫斯理与圣保罗之间

古老的牌坊依然标记着

孤悬海外的乡土之源

天行健

就算在最落魄的时光，依然攥紧

血脉中炎黄子孙的密码和家族的遗存

风吹奥克兰

大地最小的女儿

枕着波涛　怀着心事

一百个情人伐木筑屋

一百座火山开满鲜花

奥克兰，少女舒展蝴蝶的翅膀

风从南面吹来，从北面吹来

她心里有窗朝向天空，有帆朝向大海

从一棵孤独的树，到一座寂寞的塔

等待的船，已经化作一百个小岛

每天，依然有人升起黎明的帆

陈小如，1974 年生，武义人，现居宁波。

等一位叫雪的姑娘

蚂蚁钻进泥土

法国梧桐树写下的请柬

簌簌滑落在季节的窗棂

乞盼，一位叫雪的姑娘款款而来

猎猎的彩旗，挽住北来的风

那深白色的精灵

可就是江南从年头游到年尾的鲤鱼

天地泛起涟漪，纯洁地呼吸

闪烁光芒万丈

红色的灯笼挂起来了

金黄的流苏掰开季节深处的霜霭

水挨着巷尾的最后一根杂草

凌厉成冬天透明的誓言

等待与爱，繁花之中又开繁花

月色是一定见过的

从古至今，从前世轮回今生

如此白，如此深白得不见纤尘

似梦境的梦境中捎来

雪，像传说一样在夜色中缤纷燃烧

一颗心叠上另一颗心

晶莹剔透，翩跹起舞

秋 天

无疑是谷粒

将春天的诗句

写进十月的书签

在广袤的峰峦里

见缝插针层层叠叠

只要一小块土地

她就把金色、饱满、沉甸甸的主题曲

一遍遍地唱响

即便台风带来的风雨

使稻秆集体九十度伏地

修长的剑叶、饱满的谷穗

依然是这个季节最美的序幕

农人集聚在指尖的舞蹈

欢快、激越、一茬接一茬的情话

好好地说上一个季节

而谷粒，饱满的谷粒

在秋天的晒谷场里

沐浴、更衣

饮秋水长天烟火

说着季节丰盈秋天满格

48. **冷盈袖**诗5首

冷盈袖，1976年生，武义人，又名骨与朵、若即若离花、若有若无花等，原名雷军美。教师，作家。出版诗集《暗香》等。

允　许

允许你成为我的王
授以城池、疆土以及鹤顶的鲜红
允许我们狭路相逢
允许你把我击倒

允许我点火，并殃及池鱼
允许我消失
允许我在一面湖前，欢欣如归，假装领悟生之广阔
也允许你打破井边的水罐，说——
"生即是空，空即是生。"

荒

漫不经心地，你活在一些风里

两袖空空荡荡，有时会不可遏制地败落

你爱在午夜敲响路边的门

"嘭嘭嘭，嘭嘭嘭"，这成形的寂静

巨大而空旷

你翻过短松冈的时候

月亮就回来了。现在你需要躺下

安静地躺下，在一本书里继续梦呓

然后抱着一团青草郁郁而终

最终幻想

1.

怀揣着阴谋上路。在幻灭前，

我有资格保持最迷人的姿态。雨

选择全身而退，它最后将连翅膀也丢失。

安分守己和背叛同样可耻。和

规则戒律沾亲带故的一切词语，我都

试图否认。裸奔的人们啊，我爱你们。

这宣言发自内心，且由来已久。

蛇群在对面虎视眈眈，我把刀高高抛起，

然后接住。这样的游戏，我玩得不动声色，

并且似乎以此为乐。而另一个我

始终在旁边看着我，眼神悲悯，

准备随时把我带离现场。

2.

开始和一群虫子谈古论今，

"除了变，一切都不能长久。"

它们侃侃而谈。传说中的蝴蝶却一直

没有出现。缺少一次强有力的钝击，

藏匿在石头深处的火焰轻易地流失。

无形的疾病却在暗中潜伏。死亡

是一个不被察觉的进程，它总是由里及外。

而沉思是奢侈品，它把一切夸大其辞。

3.

蝙蝠的灰斗篷取走了所有的眼睛。于是，

那个世界的繁华开始被无数次的暗示。

"吃了，你就如神。"隔壁园子的女人服从了

蛇的意愿，生活却依然停滞不前。

行走已是可有可无，整个季节

都在这个清晨绕道而去。来吧，来吧，

墓穴之外还有墓穴，乌鸦，乌鸦，

请用尾羽为我加冕，让我与黑夜一起重生。

幸福是如此忧伤

——写给母亲

1.

妈妈，雪如期而至，

谁也躲不开。季节幽深，

我眼睁睁地看着你独自一人

进入冬天的腹地，被一些

洁白的花瓣覆盖，沦为岁月的手迹。

你不再回应我的声音。就像

童年时的那次等待，路口如井般吞下我，

而开着紫花的衬衫一直杳无音信。

我终于在黄昏的街角蹲下，无助地哭泣。

2.

再往前。你把灯点亮。

妈妈，幸福总是如此忧伤——

苜蓿花的眼镜被风摘走了。

我的隐疾逐渐成形，骑着扫把买回

更多的蝴蝶和花朵。妈妈，

你放下青色的竹枝吧。

这次我决心把你藏在身后，练习飞行，

不回头，也不看亮晶晶的星星。

3.

妈妈，很多年了，

种在园子里的石头表情日益僵硬，

它们丢失了自己，不断长绿色的老茧。

妈妈，我决定不披盔甲，不穿黑衣，

我想试着——

柔软些，再柔软些，

鲜艳些，再鲜艳些。

然后在你怀里，把头低下再低下。

出行散歌

1.

手机里，Y 的叙述清晰无比。

而我距离事件的中心有两千多公里。

我有点心不在焉，混迹于人群，

却染上孤独的恶习。

我把伞举过头顶。左边，右边，

前面，后面，四通八达。

这是午后三点的兰州，阳光热烈，

街道空旷。黄河摆上了桌子，

有人敲打着盘子唱歌，我们开始吃一碗拉面

这样的时刻适宜醉酒。早上在家里

吞下的鱼，在身体某个部位

适时咬紧了唇。

2.

十一点后，车厢里的灯光消失。

黑暗取消了场景。取消了我正在行进的

隐身术。我反复鞭打着羊群，

逐渐接近于尘埃，散尽光芒，

我手举稻草，但无从乞求。

你在远方缓缓移动，没有什么

可以阻止一枚铁钉的楔入。那块月光

总是一碰即碎，如同越来越透明的自己。

睡眠其实离我不远，就在一米外，

打着呼噜。我对它们深怀敬仰。

3.

是清晨，我在餐厅脱下外套，

抽出弯曲的身子，上色，补水，

听音乐。

风景很远，人群很近，

我首先要学会沉默。未尽的游戏
将继续，私藏的泉水昭然若揭，
我们要学会道听途说。

亲爱的，请不要回头，
记得你要一直向前，四处走动的陌生人
看不见你。你可以骑快马过沙漠，
喝烈酒买一场醉，你甚至于
可以把自己弄丢。这，多么的令人欢喜。

4.
从边缘入侵。前行或者后退，
未完成的抒情需要指引。这个地点
有太多的缺口，但你无法离开。
"沙漠"，如此宽阔的词组，
你和它对坐良久，始终进不了状态。
你不断地喝水，无法再掩饰沮丧。

你编辑了很多短信，却无法发送。
你在车子里，四面不透风。
23 点 30 分，你会准确无误地
被丢在一个叫敦煌的地方。但你
不确定自己可以留住什么。
你总在镜头里不知所措。

49. 吕小青诗4首

吕小青，1978年生，武义人。小学语文教师。

遇见好人

从前

我遇见一个人

他说自己是好人

我说

我也是好人

好人跟好人

说着好话

说着说着

两个好人

都变成了坏人

一万年后

我才明白

有时候

好人

更像狐狸精

（2013 年 11 月 1 日）

活着是好的

忘了。

什么时候

恋上的宽袍长袖

说来

只若途中

一次不经意的遇见

一个沉迷后的顿悟

恋上一些事一些人

其实都一样

不用刻意去安排

不要试着去遗忘

恋上了就恋上了吧。

况且。恋上

不见得是一件多坏的事情

至少。你终于知道

你还活着

在这并不多情的人间

（2015 年 11 月 10 日）

给孩子

孩子，你得时常跟我玩
不要因为我是大人。
你跟我玩的时候
我就变小了

孩子，你得时常跟我玩
不要因为我是大人。
你不跟我玩的时候
我就老了

（2016 年 4 月 24 日）

午　后

我用我的泪滴汗水
与血肉以及
倔强的灵魂
来喂养我的来生
假若干涸成

一座贫瘠的孤山

你也无须惧怕

你终究能读懂一对

依旧明了清澈的瞳孔

你要时刻紧握善良

去怀念去爱抚母亲那

流淌出乳汁的

曾经那样丰满的乳房

（2016 年 6 月 28 日）

陈巧莉，1980 年生，武义熟溪街道人。职员，儿童文学作家，冰心散文奖获得者。

心　湖

幽静的

六月的山谷

清风微吹着湖水

岸旁洁白的花瓣间

动感着晶莹的露

是谁的明眸

深情那一湖的碧澄

满含凝香的私语

悄悄向造访者倾诉

我脱去尘俗

返璞于清，归真于静

我感觉自己柔软的裸体

正成为湖中

一粒水珠

纽　扣

每一颗纽扣，都

守着一个秘密

晨起，触摸

衣襟亲吻的痕迹

大多扣子的生活

小心翼翼，攀爬间

保持彬彬有礼的

距离

久了，你问扣子

累不累，生

不生气

扣子眯着小眼睛

对上眼，总有一颗

在心的上方，脸红了

只是久久不语

哭　了

鱼哭了
因为它总生活在水里

鸟哭了
因为它的翱翔越来越低

虫哭了
因为它已变不了蝶的美丽

我哭了
因为我弄丢了我自己

还有谁哭了
你问？

窗外的天哭了
总有人不小心撕破了云朵
让它止不住洒泪滴

我就站在离梦不远的地方

一

我就站在离梦不远的地方
前面有一扇门　打开
光很亮

慈爱的外婆
在她的国度向我招手
回头　看见自己的影子
走在长满苔藓的时间上

光　依旧亮着
有忽闪忽闪的精灵飞过
扇动着微笑的翅膀

二

路　躺在脚下
我把脚抬得很高
怕踩疼了它

外面已经初霜漫野
是什么　还这片

土地勃发的生气

一只迷路的蝴蝶　飞过
我担心她高兴
她说　在这
不会看见花儿破碎的脸

三
走　向前走
我的两条腿荡着秋千
真的很轻　听不到足音

空中有一群星子
很晚了还没有休息
它们说　还送
一个灵魂踏入梦的光线

好吧　好吧
我娴娴一挥手
无奈和苍茫便甩在后面

四
没有疾病没有死亡
无论你是怀古的观众
还是伤今的信徒
任它　劫不走华年的青史

难道一切都不曾发生
快乐在继续
痛苦　是信件上的邮票
收信栏写着魔鬼

老屋里那盏灯还亮着
那么柔和　照着儿时的我
又看见父亲坚挺的背
母亲则把落霜的发簪丢在风里

还有那只狗　那个叫声
让我想了很多年很多年

51. 邓 邓诗2首

邓邓，1982年生，武义南湖村人，本名邓红晓。幼儿教师。

清早大河景象

清晨五点半
河水在灰白的天色中醒来
散着懒懒的雾气
那是它沉睡了一夜梦醒的姿态
清风微微地漾着水纹
如此的恬静

河中央打鱼的人正忙着收网
竹排上鱼篓里突然跳起的鱼儿
那么新鲜地印证着打鱼人一晚的劳作
大河的早晨就在打鱼人哗哗的竹竿中活动起来

紧赶着

洗衣的妇人接踵而来

洗刷声　还有棒槌拍打衣物的清脆声

把河边彻底地热闹开来

几声欢快且嘹亮的笑声

必是惊吓到了岸边刚出游的鸭子

逃离之速度唯恐那些妇人煮了它们

远游河中央却还时时回首呆望

这些妇人确实"可恶"

把如此宁静的河岸染得如同菜市口

岸边妖娆的枝条尽管风情万种

却是抵不过她们洗衣时胸前的节奏

顿将打鱼人的脚步拉了住

一晚的劳作险些被河水收了回去

……

早　春

邻家屋檐双飞的燕

剪开了那张沉睡的脸庞

日夜的雷雨洗刷了冬日的寒冷

大地优雅地走了出来

暧昧地携着浪漫味道的风

绕过桃花树枝

枝头缀满了少女乳晕般粉嫩的花蕾

缠绵住河边的青青草

草儿随着白云悠悠让牧童吹起了短笛

远处有雾笼的山　藏不住地露了姿色

这张如同新生儿般娇嫩的面孔

需要吸吮诱人的阳光

才能日渐丰满

52. 徐　硕诗2首

徐硕，1985年生，武义人，现居杭州，笔名苗子兮。
北京大学历史学硕士。编辑。

爱的尽头

秋水中，谁的梦，念着你，如虹。
风过了，风碎了，无踪。

尘世间，谁的愿，寻着你，千年。
月缺了，月泣了，无言。

就让爱终结在灿烂的季节，
结局在明媚中化成烟。
就让你留在最纯洁的心田，
静美如那一片秋叶。

乱 红

一片花飞消春瘦，
三弄湘笛掩西楼。
何处燕子双双衔来两朵愁，
点在谁人眉头。

春水蹙起菱镜皱，
垂杨照面懒梳头。
何年笑靥散作落红纷纷舞，
乱在谁人心头。

花谢了，可有诗留？
人去了，谁在守候？
梦断了，那一曲笛声呜咽在枝头，
月下疏影悠悠。

东风不语颜色旧，
萧萧零落难回眸。
昨日诗句依旧在纸上寂寞，
冷在谁人梦后。

花谢了，还有诗留？

人去了，无人守候。
梦断了，那一曲笛声呜咽在枝头，
月下疏影悠悠。

53. 李 欣 诗 4 首

李欣，1986 年生，武义人。小学教师。

没有谁能比我离你更近

清亮的鸟啼声把日子撕开一道缝

得到的是阵阵袭来的眩晕

我要挺起海浪因退缩而耸起的脊背

才能看见

你的睫毛在雾水中眨动

它挥发刚溢出的泪水

一小片前程被打湿

你的笑，一定是湾打着旋儿的清水

浅浅的，亮亮的

刚好没过一个人的心跳

而我的心，一定是枝头那枚恰好熟透的桃子

或者红透的樱桃

在我们保持沉默的间隙

远方远了

谁的前世做了我的今生也渐渐远去

就像鸟儿的尖喙

在我灵魂深处轻啄

留一道细小的口子

使每个毛孔都向前不断延伸

影像虽已消失

可温存尚在

我再也无法用一颗伤心的牙

去咬出

那一排熟悉的疼

只想把你的美丽锯成两半

或者把我的睡眠无限延长

让想恋爱的人都去恋爱

喜欢流泪的人尽情流泪

我们坐在中间

安静地休息

原谅我

没有告诉你

曾有过几个半途而废的红颜

我唱我自己的歌

蜘蛛张网等待情人
或许她也在为爱情而忧伤
草地微微泛着枯黄
我分不清这一棵
是否
要比那一棵
更加细小、冷漠、迷茫

云朵忽然变得沉重
吧嗒一声掉落在窗前
脚底下沙子开始四处流浪
挥霍着仅有的惆怅
溪水仍旧静静流淌
唯有鱼儿美丽的睫毛
在阳光的阴影里微微发颤

请不要相信我
也不要相信任何人
我唱着我自己的歌
奔向未知的远方

炉火旁

奶奶用尽一生守护着亘古的信条

请别靠近大山

那里封印着五百年的死亡

压在木箱底的小铜镜闪着光照在苍老的脸上

她轻轻在生活这块磨砂玻璃上呵气

用粗糙、温暖的大手

替我描一个安分的圈子

我要像颗樱桃一样洁净

在她的心里安睡

把自己托付给词以外的善良

或许

当第一丝萧瑟的秋意漫过床沿

圣洁的雪花将在黎明悄然绽放

我们醉了

我们醉了，就会彼此争辩

斑马是白马涂上了黑条条

还是黑马抹上了白道道

叽叽喳喳，像一群快活的鸟儿

假装在纯净的想象中和世界一起成长

寻找早已逝去的天真

我们醉了，就会挂上拐杖

或者手舞足蹈地相互搀扶

摘下虚伪的面具，回头向月亮笑笑

从此温婉的事物就有了体温

我们醉了，让一支烟点燃手指

昏黄的路灯，柔软的水泥

都透出虚空的美

也许今夜的海已没有水

等不到遍野花开就得悄然离开

我们醉了，却需要一杯比年轻更香醇的美酒

跟着萤火虫，止住雨水、习惯或厌恶

抖出画中的蛙鸣

把愁闷从时光中，暂时捞出来晾晒

我们醉了，也就明白了一切

天空、大地、女人和孩子

试着原谅所有该原谅和不该原谅之人

所谓的生活不过是坐在简朴的星光下

发呆，回忆和偶尔的那一声叹息

而死与生，不过一闭一睁

蹩脚的现实主义诗人

一个人独自走在河边，越往下走
越觉得像是在走出自己
而一条河正朝着相反的方向
流进我空虚的躯壳

半路上
和一朵水花说话很难
我看见一朵水花撞上另一朵水花
像一个人走进另一个人的心里
随着噗的一声
流水开始吟唱细碎的歌谣：
世界，我有多么爱呵
而一只枯蝶悄然拢翅不再醒来

就这样，时间停留了片刻
善良的天空也大了许多
幸福就像河底的水草
也许你叫不出名字，但它们一直在生长

一条河融入另一条河
呈现的是那么简单直接

以至于不容许你

产生复杂的构想

而一个人拥有另一个人

有时候却需要用尽一生

甚至用尽一生

也不能

想到这里

我有了做一个蹩脚的现实主义诗人的勇气

54. 陶 醉诗 4 首

陶醉，1990 年生，武义人。公务员。组织诗社，出过诗集。

都市黄昏

私人飞机好玩么
我小时候有很多
现在找不到
合适的纸张了

他们身后是谁
牵着绳索一脸疼爱

你乘着电梯下楼
像大厦流下的一滴泪
混入满街的泪海
分辨不出独特的悲伤

街头的歌者唱得安详

唱得其他人都像在流浪

敢

你是山风采来的春茶

飘进我斟好的一盏黑夜

然后蹄声扰动月光

香樟树遗落了只言片语

交出你疲倦的马鞭吧

趁我还记得

如何写出缄默的诗句

趁着寓言还未到终章

让我送你蓬松的落日吧

还有爽冽的弯月，清甜的星子

再让你用粗糙的米

接纳我不羁的胃

或者我终于放弃陈述

一些鸟意外地凝固空中

蓖麻还沿着河岸生长

我的眼里是吹熄的火光

衡

拥抱和欢呼都要求
两手空空
不要在纸上剖开自己
时光里已满是蛀虫

笔在手里
可惜手不在身上
机关算尽之后
清醒是最重的悲伤

传说金华的猫养三年
就会变成妖精
美丽却不害人的东西
写不进传说里

我读过不少人
也遇到过很多书
我知道
孤独永不消离

我陪它不起

简

有些简单的事
却不容易发觉
比如怎样写好一首诗
秋天又该如何保暖

通常感冒和贫穷难以避免
今天的太阳生不逢时
好看的叶子和花
也该到盛唐去飘落

其实不孤独就好了
像星星问着何时天明

其实时光它从来清醒
每一秒都煞费苦心